〚中华诗词存稿·地域专辑〛

中华诗词学会 编

枚 国 集

黑龙江诗钞

柳成栋 著

中国书籍出版社
China Book Press

图书在版编目（CIP）数据

杖国集 / 柳成栋著 . -- 北京 : 中国书籍出版社，

2020.7

（中华诗词存稿·黑龙江诗钞）

ISBN 978-7-5068-6965-2

Ⅰ . ①杖… Ⅱ . ①柳… Ⅲ . ①诗集—中国—当代

Ⅳ . ① I227

中国版本图书馆 CIP 数据核字 (2020) 第 124432 号

杖国集

柳成栋 著

责任编辑	王星舒	
责任印制	孙马飞　马　芝	
封面设计	采薇阁	
出版发行	中国书籍出版社	
地　　址	北京市丰台区三路居路 97 号（邮编：100073）	
电　　话	(010) 52257143（总编室）(010) 52257140（发行部）	
电子邮箱	eo@chinabp.com.cn	
经　　销	全国新华书店	
印　　刷	北京虎彩文化传播有限公司	
开　　本	710 毫米 ×1000 毫米 1/16	
字　　数	330 千字	
印　　张	31.5	
版　　次	2020 年 7 月第 1 版　2020 年 7 月第 1 次印刷	
书　　号	ISBN 978-7-5068-6965-2	
定　　价	1198.00 元（全 6 册）	

《中华诗词存稿》
编委会名单

作者简介

　　柳成栋，晚字宇桁，笔名松驿，别号驿马山人，网名长铗归客，室名长铗归来斋。1948年7月生。黑龙江巴彦人。北京大学图书馆学系毕业。编审。中国楹联学会名誉理事、《中华辞赋》特约编委、中华诗词学会会员、黑龙江省作家协会会员、黑龙江省书法家协会会员。曾任黑龙江省地方志办公室研究室主任、黑龙江省地方志协会副会长兼秘书长、黑龙江省志责任副总编。现任黑龙江省诗词协会副主席，黑龙江省楹联家协会副主席，黑龙江省历史学会常务理事，哈尔滨市文史馆馆员，黑龙江北方民俗博物馆顾问，龙江讲坛、哈尔滨讲坛客座教授，丁香诗社名誉社长。主要著作有《长铗归来斋文稿》（诗文集）《长铗文丛》四卷（包括《方志论稿》《志馀漫笔》《诗论序跋》《诗词联语》）；《长铗文丛续编》三卷（包括《退食吟稿》《志苑杂论》《志馀琐笔》），副主编《黑龙江通鉴》《黑龙江对联集成》，总纂《瑷珲镇志》等。

总　序

　　我们这个诗歌大国有一个很好的传统,历来注重"采诗"、搜集整理诗歌材料。作为唯一的全国性诗词组织的中华诗词学会,自1987年5月成立以来,就十分重视这项工作。学会每年的学术研讨会和历届"华夏诗词奖",都出版论文集和获奖作品集。纪念学会成立二十年、三十年时,还专门编辑出版了《大事记》《论文选集》《诗词选集》。《中华诗词》创刊以来,每年都制作年度合订本。2007年5月,在北京天识东方文化艺术传播有限公司的资助下,以近代以来诗词创作、诗词理论、诗词运动重要文献汇编,当代名家个人作品专集等为主要内容,出版了《中华诗词文库》。经过十来年的编辑整理,已经出了近百卷。这些诗集、文集的出版,记录了近百年来尤其是改革开放四十多年来,中华诗词从起步、复苏走向复兴的砥砺前行的历程,为近、当代诗歌史的撰写准备了丰富的资料。

　　党的十八大以来,中华民族优秀传统文化重新受到应有的重视。习近平总书记《念奴娇·追思焦裕禄》词和《军民情》七律的相继发表,引领中华大地诗潮滚滚而来。《中共中央关于繁荣发展社会主义文艺的意见》和中办、国办《关于实施中华优秀传统文化传承发展工程的意见》,都明确提出"加强对中华诗词、音乐舞蹈、书法绘画、曲艺杂技和历史文化纪录片、动画片、出版物等的扶持。"国家教育部组织制定由中华诗词学会起草的新中国语言体系中的新韵书《中华通韵》已经通过国家语言文字工作委员会语言文字规范标准审定委员会审定，即将颁布全国试行。这些都使我们真切地感受到，中华诗词的春天真的到来了。诗人们乘着骀荡春风，正以高昂的激情，书写着中华民族伟大复兴的新时代、新史诗，国家富强、民族振兴、人民幸福的中国梦；正以与人民同呼吸、共命运的诗人之心，对人民的欢乐、人民的忧患、人民的情怀给以诗意的表达；正以"美"或"刺"的诗人之笔，对市场经济大潮中人民对幸福生活的期待，对美好未来的希望，对假丑恶的深恶痛绝，或给以方向，或给以赞美，或给以鞭挞。正如习近平总书记所指出的："好的文艺作品就应该像蓝天上的阳光、春季里的清风一样，能够启迪思想、温润心灵、陶冶人生，能够扫除颓废萎靡之风。"

当前，传统诗词创作者和诗词爱好者队伍发展迅速，已超过三百万。每天创作的诗词作品超过唐诗、宋词、元曲的总和。诗词评论研究队伍也成长很快，诗词评论、诗词学、诗词创作理论研究成果丰硕。如何从浩如烟海的诗词作品中"淘"出优秀作品，并使之存下来、传下去，如何使诗词研究理论成果"面世"并发挥应有的指导作用，确实是摆在我们面前的无可回避的一个重要课题。中华诗词学会是一个没有国家编制，没有国家拨款的社会团体，事业的运转主要靠社会赞助和会员费支撑。俊识（北京）文化传媒有限公司总经理吕梁松、北京采薇阁总经理王强，两位一直是对中华传统文化情有独钟的热心人，慷慨解囊，愿意同中华诗词学会一起，搜集整理编辑推出《中华诗词存稿》这套书，共同为中华诗词文化的继承和发展，做成这件十分有意义的事情。

　　《中华诗词存稿》主要搜集整理出版三部分内容的资料：一是当代诗词名家的个人作品集；二是当代诗词评论家、诗词学者的学术著作集；三是当代诗词作品、诗词理论学术成果阶段性、专题性、地域性的集成类作品集。诗词作品强调精品意识，沙里淘金，把"有筋骨、有道德、有温度"的优秀诗词作品搜集起来。诗词评论、研究类资料强调理论性和创新性，应具有鲜明的个性特点，具有创建性的见解。集成类的资料应有一定的史料保存价值。总之，做成一套具有当代价值和历史意义的好书。在此，我们编委会人员，向提供资料、筛选编辑、版面设计、校对勘误，包括所有为这套资料付出辛勤劳动的同志们，表示真诚的谢意！

郑欣淼

二〇一九年七月于北京

自　序

柳成栋

　　韶光如水，日月如梭。转眼我已年届古稀，致仕也已十年之久。然而几乎没有一日离开诗。诗在身边，诗在口中，诗在心里。学诗，五十余载，个人诗集也出版了几部。致仕之后，2009至2012年所写诗词已经编入《长铗文丛续编·退食吟稿》出版。仅就2013至2017年五年间所写诗词就已多达近1300首，结为一集，已蔚然大观矣。2017年时逢我七十初度，古人云六十杖乡，七十杖国，因此拙集名曰《杖国集》。

　　《杖国集》之内容比较广泛。自己虽然退隐林泉，但并未蜗居家中，未中断的社会活动，仍然吸引着自己走向社会。或参加各种诗会、学术年会，或旅游观光，或采风问俗，几乎没有一天离开社会文化活动。每次与社会接触，都会产生一些新的诗作。即使在家中，读书看报，听新闻，看微信，也会激发灵感，形成诗篇。行万里路是生活，读万卷书也是生活。一句话，生活是创作的源泉，生活是生长诗歌的土壤。所以《杖国集》中有咏怀诗，有纪游诗，有唱和诗，这些诗词，堪称自己五年来的生活记录。每一年严冬逝去，新春到来之际，都会产生一组七律形式的迎春曲。迎春曲一般为10首，最多《丁酉迎春曲》已达20首。以"迎春曲"形式，将一年来国内乃至国际大事要事、社会焦点话题、付诸笔端，抒发家国情怀，已成一种文化习俗。

　　"风声雨声读书声声声入耳；家事国事天下事事事关心。"正基于此，一些重要节庆、节令，时事政治、民生大事也都有诗作形成。诸如南京大屠杀死难者国家公祭日、中国人民解放军建军九十周年大阅兵、习近平马英九新加坡会面握手、中国女排荣获奥运会世界冠军、天津港"8.12"火灾爆炸、纪念中国人民抗日战争暨世界反法西斯战争胜利七十周年、马航客机失联、教育部发函规定在中小学地方课程教材中将八年抗战一律改为十四年抗战、十九大召开，等等，无不赋诗。其中中国女排荣获奥运会世界冠军，一气叠韵七绝四首；纪念中国人民抗日战争暨世界反法西斯战争胜利七十周年，一气叠韵成七律四首。曾有人对所谓歌功颂德的诗词讥之为标语口号，或讥之曰"老干体"。愚以为，一切皆可入诗，关键看你如何写。如王维的《和贾舍人早朝大明宫之作》中的"九天阊阖开宫殿，万国衣冠拜冕旒"诗句，描写了早朝的百官在曙色中走进辉煌的宫殿，同万国使节一起向加冕悬旒的皇帝叩头的情形，此乃歌功颂德之佳句，能说不是好诗吗。诗要反映生活，诗要跳动时代脉搏，诗要与时俱进。"文章合为时而著，歌诗合为事而作。"在衣食充足、生活安定的时代，总应该写出一批讴歌新时代，歌颂改革开放巨大成绩，有温度，充满阳光和正能量，积极向上的诗歌。诗总不能老是愁楚感伤、苦寒悲穷之作，也不能总是风花雪月。孔子曰："小子何莫学夫诗？诗可以兴，可以观，可以群，可以怨。迩之事父，远之事君，多识于鸟兽草木之名。"　这说明，诗的功能是多方面的。即使写风花雪月也要如阎肃先生在文艺座谈会上代表军旅文艺工作者发言时所说："我们也有'风花雪月'，但那'风'是'铁马秋风'，'花'是'战地黄花'，'雪'是'楼船夜雪'，'月'是'边关冷月'。"

　　诗的主要社会功能就是歌颂真善美，当然也可以鞭笞假丑恶。鞭笞假丑恶，就是所说的美刺，或者说是讽喻。几年来，我曾写过一些讽刺低俗媚俗、崇洋媚外，乃至弄虚作假等社会不良现象的诗歌。如讽刺高价豪华图书读者买不起，而对品位不高的低俗图书减价处理的《有感图书论斤称卖》，讽刺著名书法家常写错字的《有感书协主席错字连篇戏题打油二首》，讽刺物价高昂的《内子烙饼戏题三首》，讽刺服装质量差的《闲居家中运动库仅穿一冬半即坏戏题》，以及《世相杂咏十三首》中的讽刺城市街头绿化无序的《有感街头绿化》和讽刺为迎接创建文明城市坚壁清野不让商贩出摊的《创城》之作，等等。这是善意的批评，时代需要这种刺玫瑰式的善意的批评，但这不是诗的主流，只是诗歌海洋中的一支溪流。诗的主流还是歌颂真善美。

　　诗言志，歌咏言。《杖国集》中咏怀之作较多。自己退休十年来，虽然已经由花甲到古稀，日渐迟暮，但却没感觉自己老之将至，仍然觉得很年轻。读书耽史，挥毫泼墨，把酒吟诗，不亦乐乎？"诗工花甲后，笔健夕阳时。"（《和福生吟友〈书斋〉》）"习书挥史笔，为学敞高怀。"（《依守春〈赞成栋〉原韵奉和》）"芸窗耽史乘，眼界豁然宽。"（《依孙毅吟友赠诗原韵奉和》）"芸窗守日月，桌案作园田。"（《和双山〈无题〉》）"五车方觉少，甘做读书郎。"（《和徐双山〈爱诗〉》）"三更挑灯起，午夜枕书眠。"（《和双山〈无题〉》）"缥缃万卷任吾观，学海徜徉未等闲。史乘寻根问坟典，诗书摘句溯泉源。"（《复和福生吟友〈书斋〉》）是自己退休生活的真实写照。

"龙马精神追日月，松梅品格壮坤乾。"（《甲午贺岁》）"老来不减青云志，归去犹存赤子心。涉水跋山曾揽月，栉风沐雨自披襟。"（原玉和双山吟友《独行》）"杖国时时怀家国，谋生处处念苍生。"（《次韵德臣〈接老友成栋电话〉原玉》）是自己家国情怀的自然流露。

"翰墨融青雨，诗书涌碧泉。"（《赠守春兄二首》）"引吭高唱三家店，侧耳倾听二进宫。独有皮黄凝雅韵，绝无尘俗入襟胸。"（《霁月轩中石城为余操琴演唱京剧》）"笔走龙蛇游玉楮，弦飞山水动瑶琴。"（《惜时》）"清音留客听流水，雅韵融魂醉菊坛。票友戏迷同击节，依依不舍忘回还。"（《松花江畔听京剧票友女老生倾情演唱》）是自己喜爱京剧、书法的真实记录。

不忘初心，方得始终。退休之后仍然没有离开自己曾经为之献出壮丽青春，洒过汗水，获得过荣誉，自己曾从事三十馀载地方史志工作。"青山万里迎朝霭，蝶梦无边沐夕阳。史志情深增挚爱，诗词境远散芬芳。"（《六六生辰自寿》六首之四）"林泉归隐朝堂远，学海奔忙史乘存。未老诗心犹奋笔，芸窗依旧醉吟魂。"（《感谢省地方志办公室领导、机关党委负责同志七月一日登门慰问》）"豪情未减花增色，暮岁何忧鬓着霜。不忘初心修邑史，当流热血染儒装。"（《和隋岩主任丙申重阳赠诗原韵》）"岁月无情人欲老，沧桑有意史留芳。琼浆饮罢重撸袖，奋笔随心撰锦章。"（《丁酉迎春曲》其三）"卅载志坛犹奋力，七旬诗苑自高吟。"（《原玉和赵玉平吟长赠长铗归客》）"闻鸡起舞争分秒，史志编完好诵歌。"（《咏怀》）正如曹孟德所说："老骥伏枥，志在千里；烈士暮年，壮心不已。"这便是我这位从事地方志工作三十馀载老兵的不舍情怀。

特别是2017年端午节，自己应邀为新任省委书记讲述黑龙江历史，为省地方志办公室争得了荣誉，为整个地方志工作增添了光彩，扩大了地方志的影响力，同时也使自己焕发了青春。可以说是，"志苑浸淫霜菊秀，吟坛驰骋雪松青。林泉归隐犹堪用，老骥催鞭步未停。"（《应邀为新任省委书记讲述黑龙江历史急令从渝州返回》）

自己七十初度时又曾写下了"芸馆埋头缃缥阅，吟坛奋笔古今知，悬车莫道斜阳晚，镂月裁云正是时"；"致仕休言人下岗，归田莫道我离群，潜心史志耕昏晓，继晷焚膏用力勤"；"志苑犹能梳旧稿，史坛尚可绘新图。一生宏愿终须报，治学何曾忘始初"（《七十抒怀》七首）等诗句，皆为自己的真情实感。

诗要感动他人，首先要感动自己。余之咏怀诗中，除了直抒胸臆的诗词以外，还有好多悼亡诗。这些诗词中，既有对已故诗友、文友、方志界朋友的悼念，又有对文化艺术界名人、知名学者的缅怀；既有对歼－10战斗机女飞行员等战斗英雄的哀悼，还有对清雪环卫工人、哈尔滨志愿者呼兰河读书会会员的悲啼。直至古巴前总统菲德尔·卡斯特罗逝世都有悼念的诗篇。其中悼念京剧表演艺术家的有梅葆玖、李世济、马长礼，悼念文艺界其他名家有二胡皇后闵慧芬、相声表演艺术家唐杰忠；悼念著名学者的有来新夏、傅璇琮、周有光。至于悼念诗友的悼亡诗则有七八人之多，如悼念生伯及先生的就有四首，悼念翟志国、费忠元先生的各有三首，悼念王成刚先生的也有两首。

之所以长生这些悼亡诗，是因为我对艺术特别是京剧艺术的痴迷，对文化学者的崇拜，对诗友、文友的关注，对英雄的仰慕，对环卫工人的关爱，对志愿者的崇敬。诗贵有真情。有真情，感情真挚方能出好诗。因此这些诗作凄婉苍凉，深沉细腻，耐人回味。如悼念梅葆玖先生时写道："琼葩谢落洒寒香，菊苑悲歌泣冷芳。离世太真犹醉酒，归舟西子为思乡。丰神宛在黄泉远，俪曲萦回红袖长。梅派传承功卓著，流风馀韵赖谁扬？"悼念傅璇琮写到："仰望弥高探更深，五车学富载书林。唐诗读透寻风骨，宋韵编完结匠心。亦史亦文凝碧血，可歌可诵绕馀音。丰碑一座耸华夏，椽笔纵横壮古今。"（三首之二）悼念同乡诗友生伯及先生时尤为沉痛，蘸着泪水写道："忽闻雄魄落苏城，电话传来不敢听。缟素无边风袭雪，伤悲不尽泪融冰。情深故里君先走，韵冷诗坛笔骤停。一别黄泉天地远，挽联写罢送君行。"

《杖国集》中有另有两首悼亡词，一首是悼念故乡诗友侯国有的《长亭怨慢》：

　　"朔风起、冰城飘絮。噩耗惊传，痛伤儿女。雅韵凋零，可叹近元宵，有一碗、汤圆难煮。

　　日暮，望泉台路远，别了旧朋无数。今犹记得，履岁日、纳祥词句。算只有夕照闲云，独唱晚、丹枫红树。纵含泪填词，难诉离愁千缕。"

一首是悼念哈尔滨志愿者、呼兰河读书会会员赵艳的《寿楼春》：

　　"怀盈腔悲情。雪花飞洒下，凝泪成冰。你我虽难相识，却伤心旌。惟叹息、才知名。憾不能、今朝逢卿。只为了追思，填词痛悼，巾帼女豪英。

倾真爱，多牺牲。献浑身炽热，温暖冰城。引众徜徉芸馆，读书声声。慈善业，犹难停。最痛悲、芳辰哭灵。正初冬寒天，黄泉路远君慢行。"

这两首词，可以说是用心写成。侯国友是我故乡巴彦的诗友。2017年春节还发来拜年的微信，并附短诗一首，同时并约定抽暇相聚，然而元宵节未到，他却离开了人世。哈尔滨志愿者、呼兰河读书会会员赵艳我并不认识，是听到她的感人事迹应章海宁先生之约为其撰写挽联并参加她的追思会，觉得挽联难以完全表达对她的崇敬之情，所以又专门填写了这首词。在追思会我朗诵这首词时，声音已经哽咽了。

《杖国集》中纪游诗占了相当比重。去吉林向海、农安、长白山采风，赴内蒙古大兴安岭绰尔林业局采风，到浙江、江西、山西、海南、甘肃、青海、新疆、重庆等地游览都写下了不少歌颂祖国山川景色、名胜古迹、城市风光的秀美诗篇。2014年浙江之行归来，写下了27首诗；2015年江西之行，写下了21首诗；2015年末海南归来，写下了27首诗词，2017年农安采风，写下了30首诗，而2016年秋甘肃、青海、新疆西北之行，共写下了50馀首诗词。

当我第一次来到三亚，便被那椰风海韵、碧海蓝天所吸引、所陶醉，那真是"椰影婆娑云影淡，蕉风驰荡暖风斜"（《三亚与史洪亮吟长同游白鹭公园后把盏有赠》）；"海韵无边翻热浪，椰风化雨绽春妍"（《三亚赠德璞兄兼祝德璞七三华诞四首》之二）。到了儋州，游览石花水洞，立刻涌出"一池湖水流心底，几朵白云绕鬓边，船影轻移山影动，花阴浓醉树阴酣"的诗句；游览东坡书院，自然发出了"问载酒东坡，雪泥鸿爪，今日抵何处"的慨叹。（《摸鱼儿·访儋州东坡书院》）

海南归来我写到"琼州游罢气犹豪，逸兴飞扬雅兴高。椰韵凝诗增绮韵，波涛入画喜惊涛。海天逐日观沧海，蕉扇摇风醒梦蕉。竹杖芒鞋吟啸处，泥鸿重踏在明朝。"（《海南归来感赋》）

当我第一次来到大西北的甘肃时，唐音宋韵滚滚而来，诗情画意喷涌而出。真可谓"唐音一曲绕心间，放眼西陲山复山。万里秋风吹陇右，豪情涌向玉门关。"（《秋到玉门关》）在兰州至西宁的路上看到是"山连野草草连山，一路秋光入眼帘，雪岭逶迤天路近，羊群滚到白云边"的浪漫飘逸；在登临嘉峪关时，领悟到了"一肩挑起秦时月，万壑飘来大漠烟，驼队铃曾吞紫塞，丝途笛又响雄关"的雄伟豪迈；在路过玉门关时，体会到了"羌笛胡笳声渐远，马群驼队早无踪，长城望断孤烟逝，烽火消时夕照红"的满目沧桑；来到世界文化宝库敦煌的时候看到了"壁画斑斓犹夺目，遗书浩繁可寻根，几经劫火飞天在，舞袖直朝明月奔"的绚丽多彩。月牙泉更是令人难忘："黄沙未必满沙丘，大漠依然有绿洲。旱柳垂青一泓水，蒹葭摇醉半湖秋。观音有意抛甘露，西子随心注碧流。最是嫦娥情泪洒，名泉汇涌月如钩。"如醉如痴，如梦如幻。

当我第一次来到魂牵梦绕新疆这块热土的时候，方觉天地之大，宇宙之宽，瀚海之无涯，人生之有限。过吐鲁番，踏火焰山，穿越果子沟，访喀纳斯、那拉提，览天池，登喀什噶尔古城、交河故城，跨魔鬼城，游喀拉库勒湖（葱岭圣湖）、赛里木湖、白沙湖，愈加感到"登山则情

满于山，观海则意溢于海"，知水仁山，风光无限。颇有
"仰观宇宙之大，俯察品类之盛"，游目骋怀，以极视听
之娱的感觉

　　"歌声熟透诗家梦，串串香甜飞满园"，这是吐鲁番
葡萄沟的葡萄熟了；"赤焰熊熊映碧天，群峰烧透已千
年，取经灭火前功弃，大圣归来又复燃"，这是火焰山现
在仍在燃烧原因；"登上高台望水湾，千回百转接长天，
绿茵深处银龙舞，直入白云山角边"，这是巴音布鲁克九
曲十八湾的特写；"喀什车行望碧沙，白云散落变成花，
红衣少女携筐采，大地飘来一朵霞"，这是喀什路上的聚
焦；"万丈长龙岭上盘，崎岖山路竞回旋，一条河水捆风
景，甩出新疆大自然"，这是喀纳斯路上的画卷。"澄碧
湖光映日华，白云倒映即成花，雪山微露犹羞涩，欲化清
波洗白沙"，白沙湖的素描，恬淡飘逸；"雪裹白云云裹
山，湖光山色映蓝天，冰川欲化湖中水，涨到昆仑总未
完"，喀拉库勒湖（葱岭圣湖）的写意，意蕴无穷；"微红
一抹云天里，浓碧万顷壑谷间，何故常年湖水涨，情人眼
泪未流干"，赛里木湖的晨曦，浪漫瑰丽。"寺院依稀连
佛塔，官衙仍旧守城池，当年都护今何在，昔日民居人早
离"，描绘了交河故城的沧桑岁月；"楼亭殿阁神仙建，
碉堡阙宫魔鬼成，战舰出航游瀚海，雄鹰展翅入天庭"，
展现了魔鬼城的诡异；"桦树林边牛甩尾，山坡路上马飞
蹄。云遮晓日眯双眼，露浸征衫湿厚衣"，揭开了禾木的
清晨拂晓。记得这次新疆行在禾木度过了中秋佳节，我写
下了《水调歌头·丙申仲秋赴新疆旅游感怀》一首词：

明月照西域，把酒在边关。大美新疆游历，一览仲秋天。何惧荒沙大漠，岂畏高山险路，健步踏云端。　　精神抖，行囊挎，手相牵。交河故址寻秘，烈火赤山燃。吐鲁番家作客，喀纳斯中拍照，最美属天山。掬捧瑶池水，供我洗苍颜。

二十几天，完成了西北旅游。载满诗囊，载满收获。两首《西域归来感赋》，总结了这次旅行的收获

老夫聊作少年狂，游罢南疆游北疆。

戴月披星忙赶路，节衣缩食为观光。

举杯欲饮湖山醉，开口即尝瓜果香。

戈壁阑珊绿洲涌，沙丘深处看胡杨。

其　二

岩疆何必逞凶威，西域秋高沐锦晖。

瀚海千年埋古国，风光万里览芳菲。

雪山望去尤开眼，富态归来已减肥。

鸿爪雪泥留印处，一囊诗赋裹征衣。

《杖国集》中，唱和诗也占了一定的篇幅。在中国诗歌史上，诗词唱和是一种很普遍的现象，且形式多样，风格各一，特色独具。唱和诗词的基本特性是同题共作，由其形式可分联句、酬和、赓和、追和、和答、分韵、和韵等多种。唱和诗词对诗歌学习、交流与提高，增加诗友之间的友谊都大有裨益。如有诗友赠诗，一般情况下，我都要

和之。一是出于礼节，礼尚往来。二是增进友谊，加深相互了解。三是可以相互切磋，共同提高。和韵可以激发人的灵感，开阔创作思路，不经意中可以使人渐入佳境，直至妙趣横生，双玉并存。经常唱和的有徐双山、王德臣、王福生、张福有、陆玉梅等，而其中尤以与徐双山唱和最多。如《癸巳仲春和双山兄〈早春写意〉十首》《乙未孟夏原玉和双山吟友〈春雨〉八首》《甲午暮冬原玉和徐双山〈竹枝词六首〉》《甲午孟冬原玉和徐双山〈无题四首〉》《原玉和徐双山〈读书日留题〉二首》等等。

徐双山曾写一首《老了》五律，原诗为："眼花嫌字小，体瘦怨衣肥。短调三馀咏，长毫四季挥。思乡常入梦，念友久相违。老了情难了，蓬山未得归。"余看后颇受启发，遂步其原韵根据自己的实际和之："书多嫌屋小，衣瘦怨身肥。有兴诗常作，无聊笔乱挥。馀生犹可写，天命不能违。人老情难老，踏秋携酒归。"可以说是不同视觉，情趣迥异，但又遥相呼应，珠联璧合。

《杖国集》中嬉孙、爱妻、怜子之作，也有一定的数量。仅嬉孙之作就有二三十首之多，虽多口语，甚至浅白，但却童趣浓郁，耐人回味，也仿佛使我回到了童年。

诗词写了这么多年，应该说是在不断提高，但学海无涯，艺无止境，愈写愈感到学养不够，愈写愈感到知识浅薄，语言贫乏。一部诗词集，一个里程碑，一个新起点。为此，今后当进一步刻苦学习，不断继承和弘扬我国优秀的诗学传统，砥砺前行，精心磨练，牢固树立传承意识、创新意识、精品意识、存史意识，不断提高自的写作水平，写出更多更好的诗词作品。

戊戌清明于冰城长铗归来斋

龙蛇笔走，砚耕舒猿臂，硯墨馨展，鹏翥云海豪气，墨云堆玉宇迎风，鬼神惊，诗雄隐逸，江月战玉斧，刀剑揉人红砂碎玉不住堆迎涌霄传，诗隆大除石妙

钞柘松掂先生存正 戊戌夏月 梁松

始祖追宗尊展禽河東郡望柳
成陰和風堂裏和風動筆諫亭中
筆諫深似祖栽名存典籍詩詞巨
碑載瓊林文壇史苑巋崙在一脈
相承此古今　柳姓賦完稿感賦
戊戌仲秋驛馬山人柳成棟

牦牛河畔赏奇观　盛夏坐临未觉
蒸汗水洗尘　林薄碧　手机拍照暑
风寒石峯高耸身如削　利刃新
磨锷未残　祇为吟诗常探险敢攀绝
顶心刀山　五常市石刀山留影

戊戌仲秋驿马山人柳成栋

苍天聊作少年狂，遊罷南疆游北疆。戴月披星忙赶路，节衣缩食为观光。举杯欲饮湖山醉，开口即尝瓜果香。戈壁关珊绿渐涨，沙丘深处肴胡杨。

西域归来感赋三首之一

戊戌仲秋驿马居人柳成栋书录旧作

目　录

七 律

五 排

七 排

词　选

补 遗

附 录

古风

中国塔河鄂伦春民族生态区碑赞

巍巍兴安岭，绵绵塔哈河；悠悠十八站，马背逐逝波。下山六十载，开始新生活。民族传文化，展馆风情多。鄂乡传喜报，社区唱新歌。旅游观光带，挺拔大撮罗。黄金商业网，购销客如梭。种植产业园，采摘满筐笋；养殖产业区，狩猎垂钓多。绿色家园里，花果满山坡。共圆中国梦，岁月总如歌。

2013年春

中元节台风至冰城"天鹅"遁去

未等"天鹅"来，电波先预报。

狂飙卷龙江，天上银河倒。

谁料天无常，骤然风雨消。

翻开日历看，原来有奥妙。

此意天公知，中元节已到。

暴风雨须停，鬼魅要欢笑。

风神和雨神，岂能再胡闹？

2015年8月28日

赴运城雪阻京华

运交华盖坎坷遭，雪阻京门倍寂寥。

欲盼天晴鹰展翅，偏是夜暮雪仍飘。

昌平投宿寒宵冷，小店擎杯块垒浇。

雪霁惟期飞机起，天晴偏遇航班消。

三更地铁奔西站，换乘火车改路标。

谁知运城车无座，先到陕州再想招。

风云变幻总难测，陕州到后更糟糕。

接站车来高速路犹畅，转瞬却被贴封条。

无奈绕行走山路，山路崎岖风雪号。

危途令人心胆战，多亏司机技术高。

夜半抵达运城后，三杯水酒洗疲劳。

2015年11月23日

五律

闲心若水莅哈梅翁于小华梅招饮

金风刚送爽，玉液正盈杯。
若水芳姿见，寒梅盛宴开。
荧屏飞雅韵，诗阵亮高台。
送友之三晋，冰城盼尔回。

癸巳暮秋酒后陪同邓世广先生
游览松花江畔观夜景

带得天山雪，携来大漠情。
冰城同把酒，韵海共擒鲸。
秋色连天老，诗心共月明。
寒江灯火夜，依旧逐潮生。

迟贺老农夫七十华诞

自诩农夫子，当称授业师。
鹏城曾把酒，韵海共吟诗。
荔苑新枝育，荧屏老骥驰。
佳辰方杖国，犹似少年时。

以上作于2013年

题《梦之歌》

百年燃绮梦，九域展旌旗。
气吐神龙舞，鞭扬骏马驰。
乘风劈巨浪，挥笔赋新诗。
莫道征程远，复兴信有时。

贺王宏昌先生《日新居吟草》出版

芙蓉出清水，素客傲冰城。
咏物融真景，写人见实情。
长毫凝赤紫，玉楮润丹青。
《吟草》春光溢，新居旭日升。

和福生吟友《书斋》

芸窗宾客少，座上自安之。
闲习诚悬字，偶填长铗词。
诗工花甲后，笔健夕阳时。
把盏耽茶酒，拥书邀梦迟。

甲午立夏日逢谭翁九十初度得其新著
《退食说故四编》感而赋之

立夏逢华诞，辞春遇吉期。
丁香喷紫雾，岸柳吐青丝。
退食难停笔，归林更赋诗。
忽传《说故》到，拜读不应迟。

次韵寒梅斋主人《贺亦菲居士乔迁》

远去尘嚣地，尤添素客情。
只因林荫密，方得爽风清。
鸟语常充耳，霞光可拭睛。
乔迁须置酒，亦好续诗盟。

书赠闲心若水《野趣》诗感怀

野趣天然得，闲心自在来。
几行浓墨浸，一片白云裁。
黑水流清韵，林泉绽玉梅。
诗书结新友，咏絮便知才。

以上作于2014年

病中吟

回乡会学友，不慎得风寒。

痰涌咽喉痛，睛红两目干。

消炎把咳止，祛火使心安。

暑日多烦躁，神清气自闲。

乙未六月初九申时冰城大雨如注

大雨生三夏，长河落九天。

车开轮破浪，水溅雪飞烟。

道路川流涌，楼檐玉柱连。

乾坤净洗后，暑气顿时残。

依守春《赞成栋》原韵奉和

虽能早立志，犹觉未成才。

苦读三更起，清吟八咏来。

习书挥史笔，为学敞高怀。

酒伴皮黄醉，丹心永不衰。

【注】

南朝齐沈约守东阳时建元畅楼，并作《登台望秋月》诗八首，人称"八咏诗"。

赠守春兄 二首

（一）

同事廿余载，归田七八年。
升迁梦已破，退隐月犹圆。
翰墨融青雨，诗书涌碧泉。
偷闲终有日，把酒赋新篇。

（二）

致仕逢君少，归家见面难。
豪情虽未减，衰鬓已先斑。
修志曾携手，为文共构篇。
回眸同室日，诗酒忆流年。

得快哉堂孙毅赠诗感而赋之回赠 二首

（一）

归兮长铗客，来也快哉堂。
微信初相识，友情犹共藏。
书山待我越，韵海任君航，
何日一樽酒，开怀话梓桑。

（二）

文坛逢雅士，微友识精英。

志乘长存史，诗词好结盟。

为人心坦荡，挥笔气纵横。

流水高山下，惟期酒一觥。

依孙毅吟友赠诗原韵奉和

致仕诗盈箧，归林月满船。

有心离闹市，无意舍书山。

翰墨魂长醉，皮黄曲独酣。

芸窗耽史乘，眼界豁然宽。

祝贺一叶轻舟转任黑水诗存首版，徐双山荣任丁香诗社首版

轻舟之黑水，苍耳赴丁香。

叶茂枝犹壮，境宽源亦长。

并肩同奋进，比翼共飞翔。

网上吟风起，诗坛电闪光。

原玉和孙毅赠诗

缃缥盈芸馆，诗书浸雅怀。

文章奋笔写，资料用心裁。

读史胸襟敞，登高眼界开。

归田身未隐，时有客人来。

《新晚报》《黑龙江日报》改版后副刊削弱有感 二首

新晚报

排行十强列，华夏美名扬。

广告增篇幅，副刊消数张。

难能见记忆，早已砍丁香。

更把聊天弃，何时再发光？

【注】

记忆、紫丁香、聊天均为《新晚报》副刊原有专栏。

黑龙江日报

滚滚龙江水，绵绵黑土情。

副刊曾伴我，文化亦留名。

北国风吹弱，天鹅翅欲停。

如斯来改版，是否问苍生？

【注】

北国风、天鹅原为《黑龙江日报》副刊，每周各一期，现在已改为隔周一期。

祝贺龙吟诗社成立

龙吟起黑水，虎啸壮兴安。
结社冰城里，加盟网络间。
丹心探韵海，赤帜插诗坛。
唐宋音犹老，创新当领先。

登鹳雀楼

崇楼拔地起，丽阁向天擎。
举目黄河逝，吟怀热血腾。
兴亡千古事，忧乐九州情。
应约忙题字，流韵墨纵横。

开元铁牛

古渡留遗迹，铁牛咆朔风。
闷头耸健臂，竖角傲苍穹。
筋骨千秋壮，声名四海隆。
开元盛世后，依旧守河东。

普救寺

尝闻普救寺，未了珙莺情。
花动婆娑影，风传凄冷声。
玉人何处去，故事已难清。
最喜皮黄曲，传来永济听。

吉林敦化莲花社区吃素斋

初逢敦化雪，喜到雨花斋。
素食迎诗客，爱心倾雅怀。
众生平等后，世界和谐来。
长白风光好，共扬生态牌。

和徐双山《爱诗》

为学情难已，归田犹逞强。
身肥肚亦大，笔秃梦犹长。
夜诵休贪晚，晨兴早起床。
五车方觉少，甘做读书郎。

以上作于2015年

题赠一山一蓝生态主题酒店

山蓝果亦蓝，生态筑高坛。
长白迎宾客，深红醉女男。
为求身健壮，争酿酒淳甘。
走进园区内，一帘幽梦酣。

祝贺一山一蓝生态主题酒店授牌为诗词中国创作基地定点合作单位

白山开盛会，酒店筑诗坛。
点定迎骚客，牌悬咏碧潭。
助文甘付出，兴业敢承担。
一夜甘霖降，盈山映翠蓝。

长白山原始部落风景区

萨满修新馆，不咸名远传。
女真遗俗现，部落景观连。
朝圣神坛上，祈天石阵前。
风情涌塞外，文化结奇缘。

冬至时节观长白山瀑布

冰雪难封冻，飞流泻九天。

行行银链坠，串串玉珠穿。

雾气弥山谷，寒风绕岭巅。

登临未觉累，圣水入心田。

祝贺松花江诗词创作研究会成立

莫道唐音远，何言宋律消。

天寒冬韵暖，雪舞吟情高。

禹甸传风雅，冰城诵楚骚。

丁香今育种，明夏紫云飘。

和冰儿情人节闲题

爆竹驱寒夜，雪花迎早春。

新正尚未过，旧梦仍留存。

情海多虚假，尘寰少率真。

芸芸众生处，知己是何人？

赠阿城诗友杨玉峰

金源联旧友，微信结新朋。
韵海徜徉走，诗坛砥砺行。
心中系民瘼，字里涌风情。
何日同擎酒，相逢在上京。

赠司马小生孙亦东

诗苑迎新主，金源唱大风。
论坛兴活水，微信领群雄。
雅韵联今古，澄怀贯始终。
东君已送暖，笑看百花红。

读关治平先生《暖雪红梅图》

闲充清客主，当慕仲仁名。
傲雪寒梅笑，沐风疏影横。
心怀宁古塔，笔聚谛人情。
墨融丹江水，香弥忽汗城。

【注】

①清客：梅花之别称。

②仲仁：释仲仁。字超然，北宋越州会稽（今浙江绍兴）人，生卒年不详。中国墨梅画始祖。

③忽汗城：渤海上京龙泉府城，即今黑龙江省宁安市渤海镇。

和梅节读拙作《黑水吟》《乌苏吟》
赠诗原韵

为学关家国，处人知理伦。
忧心胆欲碎，读史恨尤深。
两约丢疆土，一规忘旧屯。
吾民非草芥，偏却隐条文。

读微信赠张英聘女史

方塘流活水，四库觅诗痕。
微信连苍宇，琼章慰客魂。
权当柱下史，共守职方门。
学海遨游处，未忘华夏根。

为金源风诗词微群鼓吹

金源风浩荡，黑土韵铿锵。
挂帅孙司马，领军关伯阳。
一吟佳句出，三唱雅音长。
幸会微群里，春花正吐芳。

血压高述怀

多年高血压，靠药只医标。
龙井茶停饮，鬼针草独熬。
春醅负美景，秋水冷深宵。
何处寻良剂，助吾将病消。

戏赠黑河文友吴边疆（水煮红尘）先生 二首

（一）

休云无国界，犹道有边疆。
微信逢知己，群坛若故乡。
红尘煮黑水，赤胆撰华章。
情系瑷珲史，谁来复旧邦。

（二）

丹心映碧野，黑水煮红尘。
交友皆耽史，知音便入群。
同抒爱国志，共做守疆人。
江月何时醑？邀来好赏春。

龙江春晓

黑水三春晚，兴安一梦长。

柳丝涂浅绿，连翘染新黄。

雪漫梨花冷，风摇杏蕊香。

小桃红似火，烧醉太阳光。

久不见邱华（小蘑菇）微信今日获读喜赠

相识中途短，临歧夜梦长。

因缘存电话，有意解诗囊。

九域逢知己，中原若比邦。

蘑菇重露面，微信吐芬芳。

闻禹浪学弟脚踝疼病愈寄赠 二首

（一）

莫怪征程远，且凭行者过。

满头堆白雪，一骑跨关河。

心系辽东史，情怀赤子歌。

新书凝热血，学海逐流波。

【注】

王禹浪，网名行者，以走读生活为人生追求。

（二）

多年未得见，微信始相逢。

昔日青衿子，今朝白发翁。

辽金书旧史，东北立新功。

后浪推前浪，征鸿踏雪鸿。

沉痛悼念京剧表演艺术家程派传人李世济先生

文姬归汉去，雅韵半消残。

呜咽氍毹冷，凄清菊苑寒。

锁麟囊尚在，武则天同看。

程派嫡传者，犹存一寸丹。

【注】

《锁麟囊》《文姬归汉》《武则天轶事》等都是程派名剧，为李世济先生长演剧目。

心律过缓感怀

激情犹四射，心律偏过缓。

身老事知空，心平气未短。

书香漫砚池，雅韵弥笙管。

何故抢时间，只因秋色晚。

哈尔滨望月小厨口占

铜锣湾广场——中国大金城项目签约仪式酒会在哈尔滨望月小厨举行，余以黑龙江省诗词协会副主席身份应邀参加酒会并即兴赋诗，与香港铜锣湾集团董事会主席、香港诗词学会主席陈智先生合影。

绵绵按出浒①，浩浩铜锣湾。
素客②迎朝日，紫荆③流玉颜。
金城耸北国，广场越雄关。
陆港同携手，欢歌壮宇寰。

【注】

①按出浒，《金史》阿什河称按出浒水。
②素客，丁香花别称，为哈尔滨市花。
③紫荆，即紫荆花，为香港市花。

赠德祥阁主人张庆祥先生

华堂陈古董，文案展新图。
情系诗词曲，神迷玉石珠。
皮黄随酒醉，翰墨伴茶濡。
雅韵冰城漫，书香满牖橱。

佟光莅哈丁香诗友雅集书赠

忽汗城边客，性情故里人。
因迷石州慢，便醉画堂春。
联对如流水，吟工逐逝尘。
相逢一樽酒，雅韵荡松滨。

应邀参加牡丹江荷花文化节旅次

应邀赴盛会，东去牡丹江。
菡萏先招手，衣襟已泛香。
田田莲叶动，隐隐蝶蜂忙。
净客迎佳客，花前酒一觞。

【注】

净客，荷花别称也。

闲　适

晨兴忙散步，夜静好观书。
白日茶三盏，黄昏酒半壶。
午阴床短寐，工暇笔常濡。
莫道林泉远，的卢犹在呼！

有感图书论斤称卖

缥缃买不起，垃圾论斤称。

盗版街头见，胡编架上横。

书林少高雅，世俗重流行。

精品谁来造，重新读九经。

丙申七月初二室温高达34度

冰城逢酷暑，寒舍变蒸炉。

室温欲燃火，热汗已成珠。

窗牖全开启，衣裳早脱无。

觅凉赏流水，驱躁漫翻书。

依王维《山居秋暝》韵叠韵咏秋 六首

（一）

昨宵消暑气，今早降新秋。

启牖凉风进，开机清韵流。

神游刚上路，梦醒已归舟。

好景如斯短，夏犹心底留。

（二）

昨犹忧暑热，今已沐清秋。
忍看飞花落，任凭逝水流。
红尘三万日，沧海一扁舟。
生命虽然短，惟将翰墨留。

（三）

遽然辞九夏，倏忽迓三秋。
云白天高远，山青水静流。
百川奔大海，千里放归舟。
新雨初晴后，独将清气留。

（四）

昨天方苦夏，今日已悲秋。
时序匆匆过，韶光缓缓流。
无心观夕照，有意揽归舟。
把酒登临处，好诗独自留。

（五）

晓风杨柳岸，斜照荻芦秋。

明月窗前照，沧波心底流。

芳菲凋碧野，诗酒载兰舟。

莫道家山远，乡愁梦里留。

（六）

一朝成野老，两鬓已霜秋。

文债如山叠，时光似水流。

案头书旧史，艺海泛新舟。

往事烟云散，惟将雅韵留。

读卓平处暑与兰儿丁香公园闲步拾句戏赠

人比丁香瘦，心如葵叶肥。

园中寻妙句，路上沐斜晖。

莫道秋容老，何忧步履迟。

闲情惟自得，兴起酒盈卮。

赠微群诗友陈显滨先生

一入微群久，便知朋友多。
金源起风浪，黑水逐流波。
路远难谋面，情深好赋歌。
惺惺总相惜，雅韵共吟哦。

品　茶

曾钟龙井绿，偶品祁门红。
黄岳毛峰翠，君山云雾浓。
碧螺春一缕，竹叶青千重。
明月清风夜，茶香入梦中。

咏中国凤凰单丛茶

岭南千顷绿，粤海一山青。
鹪嘴红茵翠，乌岽碧叶凝。
高僧佳地选，宋种大元成。
香茗何方觅，凤凰最有名。

次韵王金先生参加余六六寿宴有记

雅客临红马，高朋贺贱辰。
楹联增福寿，诗酒醉仙神。
退隐归三径，交游向九津。
相逢何道晚，都是爱诗人。

参观甘肃省博物馆丝绸之路文物展

驼铃摇梦醒，丝路画图清。
千载人消遁，八方商远行。
风吹欧亚地，物浸华夷情。
雄略重开启，同心创共赢。

天山天池

雪山凝碧眼，云水映蓝天。
堰塞高湖起，群峰绿树连。
船行明镜里，人醉画图间。
欲问西王母，何时宴众仙？

新疆五彩滩与冰城诗友巧遇

彩滩迎丽日，碧树笼河湾。
山水交融紧，天人合一还。
芳林逢旧雨，西域望乡关。
世界斑斓里，雪鸿留笑颜。

星光灿烂微群冰城外婆居雅集戏题

聚得星光灿，迎来翰墨香。
诗成凝雅韵，酒醉诉衷肠。
流水高山下，清风明月旁。
引吭歌一曲，争做伴花郎。

【注】

雅集间有"我愿坐在你身旁，甘当你的伴花郎，请你唱支歌"活动。

微信中见盖玉玲女史打拳作画照片题赠

偶然启微信，忽见照片传。
戴月长拳打，挑灯朱墨研。
红颜犹未老，黄卷更常翻。
黑水心中淌，青春作伴还。

祝贺哈尔滨京剧研习社成立三十周年演出成功

结社冰城里，卅年研习中。

幼苗催柳绿，老圃映花红。

耳洗听流水，须扬唱大风。

氍毹名票聚，一夜醉芳丛。

和双山《无题》

芸窗守日月，桌案作园田。

诗里寻佳句，酒中忘旧年。

三更挑灯起，午夜枕书眠。

心态平和处，何须买药钱。

自题 二首

（一）

本是生东北，何须慕海南。

爱冰犹恋雪，耐冷已忘寒。

坚忍林泉内，傲然松柏间。

闻鸡即起舞，豪气满兴安。

（二）

治学何忧苦，读书莫为难。
每醉诗词里，便游天地间。
皮黄听一曲，翰墨写三篇。
古稀虽欲至，犹觉是青年。

丙申仲冬龙社诗友曹阳茝哈李勇招饮得何字

人生有几何，百岁已无多，
相识三樽酒，重逢一曲歌。
冰城观雪落，黑水逐逝波。
结社因龙起，好诗同打磨。

欢迎青士李振汉吟长加入金源风诗词微群

辞别京华北，重归铁岭东。
神迷黑土地，魂系金源风。
鞭炮迎佳客，诗词结杰雄。
微群迎旧雨，雅韵响黄钟。

忆廿年前与同乡诗友振汉兄于颐和园相聚后陪余游览北京西山参观曹雪芹旧居并拜谒梁启超墓

一书逢挚友，廿载忆芳亭。

名苑茶犹绿，西山草正青。

故居寻赤叶，墓地谒英灵。

何日重相聚？同吾醉醽醁。

冬　至

长至节方到，冰城雪正飘。

未忧冬月冷，只盼雾霾消。

铁帚除魑魅，黎民盼舜尧。

清汤煮水饺，把盏逐空寥。

喜贺AC352直升飞机在哈尔滨首飞成功

展翅云霞舞，腾空理想飞。

心驰三万里，气贯一行诗。

独创开新境，直升沐锦晖。

冰城圆绮梦，碧宇绽芬菲。

黑龙江全民冰雪活动日启动

万众狂欢日，百城行动时。
纵情搅天热，寻梦觉冬迟。
冰雪凝银锞，乾坤捧玉卮。
琼瑶歌壮美，笑语汇成诗。

依兰诗友刘淑彬女史冰城招饮书赠

胡天连雪韵，诗酒聚冰城。
三姓留歌赋，廿年增友情。
雅音弥塞北，佳作逼华京。
数九谁云冷，心中热浪腾。

祝贺青山诗词研究会暨青山诗社诗词年会召开

黑水三千里，青山又一年。
丹心映白雪，热血洗苍颜。
报晓金鸡唱，欢歌雅韵传。
吟鞭高举处，随我踏峰巅。

读赵玉平吟长《秋露集》

去岁观《秋露》，今春沐惠风。
苏城浮旧影，《诗萃》载飞鸿。
雅赠微群内，深情梓里中。
当年失交臂，今已古稀翁。

原玉和王福生吟友《上元抒怀》

哈埠虽然冷，上元情正浓。
心中春草绿，檐下彩灯红。
火树今寥落，烟花已半空。
霾生民俗改，不敢再随同。

喜读王卓平词

王卓平六七种小令、长调各填成百首直至数百首之多，想以词牌命其雅号，竟不知以何名命之为好。

奏罢清平乐，便吟菩萨蛮。
情牵卜算子，梦做临江仙。
水调歌犹壮，木兰花更妍。
行香子难尽，一片鹧鸪天。

【注】

以上八调多为卓平喜填之词牌。

原玉和岁寒公子毓《丁酉生日遣怀》二首

（一）

吟坛识公子，素客晓芳名。
塞北龙犹醒，岭南花早生。
诗情终未减，心思待经营。
华诞凝新句，青春赠与卿。

（二）

南国春先暖，北疆天尚寒。
窗前望飞雪，心底绽幽兰。
黑水诗情重，鹏城眼界宽。
芳辰无所寄，一律送君看。

题赠《叶闻莺诗文集》付梓

方圆百余里，上下五千年。
古堡莺啼绿，兰棱水结缘。
白云凝雅韵，黑土育诗田。
满卷芸香漫，深情涌笔端。

喜闻徐景波《全隋唐五代诗》编辑告竣

诗坛起鏖战，韵海发强攻。
继晷膏焚尽，编书志未穷。
缥缃凝热血，肝胆映苍穹。
付梓名千古，风流颂杰雄。

赴阿城区档案馆查荣孟枚资料一无所获

只为集成事，遍查荣孟枚。
可怜人死去，无奈稿难追。
秦火文焚尽，楚囚诗变灰。
兰台赤手返，夕照送人回。

依兰出土清代石碑多通感怀

欣闻依兰县于牡丹江水中打捞两通九眼透龙碑，疑似三姓副都统之墓碑。此碑乃1969年备战修牡丹江大桥时用之作为基石砌桥墩，今日拆桥，使之重见天日。

造桥忙备战，碑碣砌江中。
三姓文明没，百年城史蒙。
二龙出寒水，九眼沐春风。
都护今含笑，重新立石丛。

读王卓平《敦化采风诗三十首》

敦化采风去，归来韵满筐。
佳篇三十首，丽句百余行。
旧国存残梦，新城竖广场。
斑斓渤海史，信笔入诗囊。

题赠哈尔滨道台府古玩城明红雅集艺术馆

一来道台府，便逛古玩城。
金石缥缃聚，宝珍珠玉横。
红尘留旧物，黑土蕴文明。
每忆沧桑事，犹增古董情。

题贺孙雅民先生《黎民雅韵》诗词集付梓

刚辞梨树地，便抵丁香城。
松水弹新曲，青山映晚晴。
心闲尘俗远，性淡名利轻。
五载吟风后，黎民雅韵成。

齐齐哈尔华安公司二战功勋炮前留影

何须炫武力，依旧忆当年。
二战功勋在，一门胜绩传。
法西斯去远，倭寇案难翻。
何时炮自灭，终无战火燃。

原玉和李跃贤女史

翰墨常融酒，茗茶犹洗尘。
吟诗曾沥血，读史每伤神。
寿诞临三夏，古稀逢二春。
自知夕阳晚，更把寸阴珍。

父亲节冰城遇雨有寄

父亡思未断，魂绕梦归来。
百载门庭旺，一生家业开。
感恩天落泪，忆旧地生哀。
遥望松江水，难倾酒半杯。

冰城夏至

连日甘霖降，整天芸舍忙。
开窗驱暑气，品茗纳新凉。
梦里仙虫叫，池中菡萏香。
惟忧夏日短，好景总难长。

悼念笑星唐杰忠先生

慈佛西天去，笑星东土追。
凋零岂绿叶，寥寂少红梅。
虎口犹遐想，桃源正梦回。
捧哏同样火，休道客相陪。

绰尔行

兴安深处走，绰尔险峰行。
峡谷河缠路，熔岩石有声。
苍茫覆岭壑，翠碧掩阴晴。
白桦亭亭立，犹留片片情。

登绰尔五亭山

细雨濛濛降，小桥缓缓行。

回眸河水静，拂袖晚风轻。

体胖心犹闷，天宽意自平。

登高五亭现，画卷眼前横。

咏吉林农安金刚寺两株苍松

未见菩提树，欣观两棵松。

叶繁苍郁郁，枝茂翠重重。

护寺忘昏晓，守门无夏冬。

金刚览胜景，犹若听禅钟。

听张智深集李白诗句自创自演《君不见》有赠

不见犹相见，何须再问君。

谪仙犹洗耳，师旷正凝神。

古雅融流水，恢宏遏响云。

黄河东去后，天籁可曾闻？

张欣女士于闲雅小镇宴饮星光灿烂群友二首

（一）

暑残风爽后，红瘦绿肥时。

一诺先呼酒，重逢便赋诗。

华筵闲雅设，美食饕餮痴。

女侠抒慷慨，开心快朵颐。

（二）

欣欣向荣处，灿灿发光时。

闲雅三樽酒，微群两首诗。

休看醉相笑，一见美容痴。

最是秋山好，犹期再举卮。

题贺王福生吟友《阅红居诗词集》付梓

黑土铺虹后，芸窗泼墨时。

闲吟三百首，忙赋一篇诗。

过目心成诵，阅红情醉痴。

清词付梨枣，雅韵绽芳枝。

【注】

福生出版过《黑土铺虹》《路边拾遗》等两部诗集。

题贺韦德璞乡党《拈花集》（三）付梓

拈花一笑后，泼墨疾书时。

禅意铺幽径，吟情写翠枝。

闲斟半壶酒，醉赋百篇诗。

韵雅星光灿，付刊犹觉迟。

观墨缘斋主书法有赠

泼墨如流水，挥毫若逝川。

啬庐遗雅韵，王铎露苍颜。

笔落惊风雨，龙飞越海关。

书坛驰骋处，砚海映斑斓。

题志君兄《富贵祥瑞图》

丹青绘冷暖，笔墨写春秋。

老去童心赤，归来画境稠。

锦鸡啼雅韵，贵客亮华楼。

富赡增新彩，祥云映眼眸。

【注】

贵客：牡丹别称也。

丁酉金秋抒怀 二首

（一）

金风吹赤县，碧水荡红舟。
玉露凝甘露，琼楼接碧楼。
五花山色灿，九域凯歌稠。
翘首京华地，锤镰映眼眸。

（二）

京华开盛会，喜气荡神州。
未改初心志，甘当孺子牛。
宏图开广宇，领袖绘新道。
走进新时代，为民将福谋。

祝贺颜越虎先生《新越绝书》方志微信平台开通

文明播撒者，信息递传人。
志苑平台起，学林气象新。
微群结华夏，媒体系秋春。
越绝书重现，论坛更有神。

王卓平于冰城健康火锅为丁香诗社诗友接风饯行留题

诗苑论风雅，酒楼斟小烧。

健康火锅沸，豪迈激情高。

尘洗秋风里，人辞灞柳桥。

丁香凝厚意，块垒一杯浇。

听李胜素演唱京歌《梦北京》

梅韵流芳醉，皮黄悦耳鸣。

拖腔天籁响，转调谪仙惊。

菊苑青衣靓，氍毹紫气腾。

红妆迷客处，倾国又倾城。

考察金界壕东北路边堡碾子山段留影

为谒婆卢火，又来金界壕。

草青连内蒙，树碧遮云霄。

一骑穿烟雨，千秋抖大刀。

观堂留考据，访古不辞劳。

丁酉霜降日偶得风寒清吟一律

转眼临霜降，凝眸望雾岚。

风寒昨夜得，鼻涕早晨添。

文债犹难了，诗书莫再耽。

消炎止咳后，诗酒任吾酣。

丁酉重阳节前偶感风寒病愈谢诸友关怀

终因难病倒，一夜又翻身。

药物神通显，天时节令珍。

观书犹奋笔，把酒自消尘。

莫道枫林晚，重阳胜早春。

次韵徐双山吟友《老了》原玉

书多嫌屋小，衣瘦怨身肥。

有兴诗常作，无聊笔乱挥。

余生犹可写，天命不能违。

人老情难老，踏秋携酒归。

丁酉重九哈尔滨雅乐京剧票社成立有贺

皮黄响九域，雅乐起冰城。

华竹重擎酒，菊坛同结盟。

回龙唱旧曲，流水奏新声。

携韵登高处，踏秋听凤鸣。

金上京怀古

国兴金水沸，宫建白城殊。

立马东京地，提兵西子湖。

淮上垂基业，燕京立帝都。

千秋华夏史，女直展宏图。

初食新大米饭感怀

连续十余年，家中食用大米，均为友人赠送或孩儿单位所
分。年复一年，陈米叠加，已无香味。今日米馨，女儿买回一袋
煮饭，香气四溢，齿颊流芳。

连年吃陈米，今日食新粮。

电饭煲加热，厨房门透香。

龙江水土好，九域声名扬。

绿色凝鸭稻，有机传四方。

悼念呼兰诗友王玉鹏先生

盛夏曾同饮，初冬却远行。
寒风凝玉涕，霜雪溅兰城。
墨洒香犹在，诗成韵自鸣。
萧乡魂断处，顿晓重余生。

内子腰伤静养近三月渐愈感赋

楚腰已伸直，笑脸渐开张。
晓镜梳华发，群邮祛皱霜。
餐完犹洗碗，眺后可关窗。
梦醒闻狮吼，家中见太阳。

晨读卓平芳辰自寿词送之赴港澳台旅游

纵笔锋犹锐，挥毫墨注颜。
携诗去港澳，结伴赴台湾。
小雪云天走，孟冬鸥鹭闲。
芳辰凝雅韵，明日载歌还？

总纂《瑷珲镇志》原拟约余所作诗书序言最终未能入书有感

一部江城志，缠身近半年。
应邀为总纂，负责汇新编。
书序成遗稿，诗文删数篇。
嫁衣今又做，入夜总难眠。

【注】

瑷珲镇原名黑龙江城，故简称江城。

听唐飚先生于《方寸话春秋》节目谈冰雪文化集邮

方寸乾坤大，票封冰雪凝。
文明载地域，风物壮滨城。
性雅闲情逸，趣浓花笔生。
集邮文化事，任尔说纵横。

听仲伟力先生（冰城力哥）微群诵读

声震微群内，语惊松水滨。
龙吟歌百里，虎啸力千钧。
仿佛甘霖润，犹如玉液醇。
绕梁回味久，洗耳涤嚣尘。

参加青山诗社2018年新年年会

禹甸开宏宇，风帆济海川。
国增新气象，鸟唱稔丰年。
长忆南湖水，总朝北斗天。
锤镰星涌动，快马着先鞭。

以上作于2017年

七律

选五百九十七首

缅怀李金镛

斩棘披荆雪满襟，漠河此去起高吟。

青山碧血循良计，黑水黄沙赤子心。

千里兴边酬壮志，五年办矿锻真金。

忠魂未死祠堂在，百载沧桑一脉寻。

集安诗友禹山居士莅临冰城梅翁招饮有作

不畏严寒雪满天，关东网络聚群贤。

丁香吟友重逢友，黑水诗缘又结缘。

暖酒一杯心底热，雅音九域眼眸宽。

今宵把盏须同醉，何日偷闲访集安。

中国楹联报社马杰社长莅临冰城联友雅集书赠

皖北龙江一线牵，两行文字信有缘。

和风夏沐江川雨，风雪冬观林海天。

把酒冰城话农垦，品文艺苑论楹联。

隆冬暖意胸中涌，黑土情怀最可怜。

北大荒文化创意集团新春联谊会在唐都酒店举行

文园深处展宏图，创意提升妙意殊。
千年沃野翻金浪，百座新城迸玉珠。
凤翥大荒描翠绿，龙游艺海绘丹朱。
捧起诗心迎旭日，春风一夜满唐都。

次韵养根斋《癸巳贺春》

雪净冰城万物新，阴霾尽扫喜行人。
东风拂绿江边柳，灯火烧红塞北春。
生态和谐鸟虫乐，家庭幸福子孙亲。
金蛇狂舞神州里，诗酒三杯绮梦真。

祝贺《龙沙诗词》创刊十周年

吟坛芳圃映朝霞，十载耕耘硕果佳。
龙塞清音兴黑水，鹤城雅韵绽红花。
九皋声震三千里，四海歌传几百家。
放眼诺尼江畔处，诗潮滚滚涌春华。

癸巳新正廿二青山红叶诗社联袂雅集感怀

上元过后又重逢，惊蛰鸦鸣暖意融。
烧热诗情化冰雪，点燃春色舞蛇龙。
青山不老心扉绿，赤胆犹存夕照红。
把酒千杯人未醉，独留一盏醉东风。

巴彦一中高中三十五班部分同学分别四十五年后重逢感怀

一别苏城卅五年，翻开记忆到樽前。
少陵春水洇残梦，驿马秋风逐逝烟。
眼泪模糊惊白发，韶光斑驳改朱颜。
校门古树犹招手，合影同装心里边。

连续五年清明欲回故乡祭祖未果今日夙愿以偿感赋

穿冰踏雪向荒山，路阻车行驾驶难。
五载流光存梦里，一朝香火献坟前。
泪花溅起清明雨，思绪飘回二月天。
春草返青心又绿，蓄芳依旧待来年。

祝贺哈尔滨市诗词楹联家协会成立十周年

天鹅展翅势昂然，啸月吟风整十年。
冰雪含情玉龙舞，丁香凝韵雅音传。
青山染绿松江水，赤叶烧红塞北天。
骚客如潮歌似海，敢追诗圣与诗仙。

宁古塔朱氏家族寻祖归宗暨接谱还乡活动感怀

宁古塔朱氏家族为明太祖朱元璋第十六子宁献王朱权第十世孙始祖朱议瀹之后裔，流放宁古塔至今已三百五十载矣。

权公后裔到关东，宁古塔城枝叶丰。
赣水八支存族史，丹江一脉衍蛇龙。
清明祭祖同追远，旧地寻根共认宗。
谱牒今朝迎故里，朱家村内起春风。

应聘黑龙江创意文化产业公司文案一年有奇感怀

应聘公司整一年，六旬驽马又扬鞭。
墨飞笔走龙蛇舞，文创意开道路宽。
礼遇尊宾犹赐酒，心诚时共主谋篇。
无多贡献空拿饷，每领工资总不安。

祝贺邵长兴先生从事地方志工作三十年

志苑笔耕三十年，夙兴夜寐未休闲。

鞍山纵马驰华夏，书海扬帆览地天。

大事周详垂伟业，群星璀璨载名山。

丹心似火情无限，烧透斜阳霞满天。

喜闻拙诗《父亡欲回故乡祝寿不能》荣获诗词中国大赛创作奖

忽闻喜讯百感生，先父英灵伴我行。

风雪十年迷旧路，乡愁万缕涌深情。

梦魂醒后犹思母，诗句吟完已失声。

子欲孝时亲不待，独留泪水洗清明。

赠民间文艺专家黄任远先生

根扎边疆卌五年，情牵赫哲忘回还。

汗融黑水文明注，足印三江绝唱传。

一剑磨成须十载，数编纂就赖双肩，

申报非遗功卓著，热血染红伊玛堪。

公司员工频繁流动感怀

老夫受聘又担忧，目睹员工如水流。
大学生犹谋业苦，青年人更作工愁。
世间都想端金碗，社会已难觅瓦瓯。
贡献薄微空受禄，雀巢独占自知羞。

为省地方志办公室同仁进行《地方志与民俗文化》讲座感怀

休言退隐在林泉，志苑耕耘笔未闲。
五载还家楼已改，一朝逢面鬓先斑。
采风八月辌轩得，问俗四时舆地传。
社会文明与时进，沧桑递嬗几千年。

【注】

辌轩古代使臣的代称《文选·张协〈七命〉》："语不传于辌轩，地不被乎正朔。"李善注引：《风俗通》：秦周常以八月使辌轩使采异代方言，藏之秘府。后称采风问俗的史官为辌轩。

情系雅安

时交谷雨晓风寒，忽报震魔临雅安。
五载汶川方止痛，一朝蜀地又伤残。
三春杨柳皆含泪，九域人民共度关。
棚暖粥温血犹热，爱心插翅向芦山。

五一节丁香诗社雅集因故爽约有寄

只因文债积如山，爽约滨江五月天。

岸柳喷青春始近，心扉透绿夏初还。

偷闲未得休嗔怪，雅集脱离犹未安。

俚语一章权作酒，临屏仿佛到樽前。

游览哈尔滨市道外巴洛克街区

巴洛克街修饰新，和风暖日惹游人。

小吃馋嘴浓香烈，妙手生花绝技珍。

隧道流光魂逐远，巷街碎影梦回频。

烟云百载如图画，遗产还乡总是春。

书赠隋丽娟教授

冰城文苑绽奇葩，一跃荧屏焕彩霞。

授业廿年醉清史，著书四部①壮龙沙。

如珠妙语说慈禧②，若水冰心论墨家③。

最喜班昭临北塞，兰台深处涌芳华。

【注】

① 隋丽娟著有《曾国藩》《说慈禧》《中国历史地理》《黑龙江史话》等四部学术专著。

② 隋丽娟2006年入选百家讲坛，主讲《慈禧》系列节目，成为黑

龙江省入选百家讲坛的第一位人文社科教师。

　　③ 2007年，在百家讲坛主讲墨子的《兼爱与非攻》。2009年，在文化中国开讲《晚清重臣曾国藩》。

祝贺李宝珠女史六十华诞

榴花似火吐芬芳，端午迎来客倍忙。
宋瓦江边碧波涌，玫瑰厅里绿醅香。
清歌欲滴梨花雨，雅韵犹流琥珀光。
花甲更期春永驻，仪容依旧沐朝阳。

悼念青年京剧演员李阳鸣

梨园酷夏送忠魂，《大雪飘》时泪雨纷。
何故苍天欺少壮，却教票友起悲辛。
卅年功夺金牌奖，六岁红弥赤子心。
剧照长存《九江口》，遗音犹绕野猪林。

次韵李雪莹女史参加余六六寿宴感赋

欣逢吉日喜空前，寿字鲜红台上镌。
百载佳期情烈烈，一觥诗酒影娟娟。
半生求索千秋业，双手拼争一片天。
雅集今朝成永忆，泥鸿深处笼云烟。

书赠辛弃疾研究学者辛更儒先生

受业邓门迷幼安，潜心治学几经年。
春风词笔融新墨，秋水文章汇巨编。
梦里青山回蓟北，诗中赤胆越江南。
带湖儿女多奇志，最喜英雄一传传。

六六生辰自寿 六首

癸巳六月十六日为余六六初度，自撰七律六首自寿。

（一）

荷风吹拂醉芳辰，转瞬迎来六六春。
华发渐生身尚健，豪情未减脑犹新。
书藏万卷堪称富，学缺五车当觉贫。
老酒一觚情炽烈，斜阳照透最香醇。

（二）

六六春秋感慨多，林泉退隐未蹉跎。
词坛偶创自由曲，文苑犹吟未了歌。
五载砚田耕日月，一樽诗酒醉江河。
凌云健笔纵横意，庾信文章老更磨。

（三）

六六人生忆雪鸿，痴情难改是初衷。
当年悲恸谁人晓，昔日创伤独自缝。
唢呐吹完空费力，嫁衣做罢总无功。
归来弹铗何须怨？唯有丹诚与血融。

（四）

岗位归来人倍忙，老而弥笃气轩昂。
青山万里迎朝霭，蝶梦无边沐夕阳。
史志情深增挚爱，诗词境远散芬芳。
满腔馀热三千瓦，文企公司正放光。

（五）

休言花甲少依归，沐尽晨光沐夕晖。
品茗嬉孙挥翰墨，修身养性育芳菲。
路行千里为增寿，食节三餐好减肥。
风雨人生看透后，早忘世上怨和非。

（六）

岁月如飞霜鬓侵，春华逝去总难寻。
回眸往事留残梦，放眼斜阳醉晚林。
砚海翻波犹惜墨，芸窗把卷独调琴。
光阴自古比金重，一寸光阴一寸金。

京华访乡友 四首

前门都一处与学友王德臣夜饮

街头漫步到前门，故友相逢樽对樽。
五载京华作羁客，一觞诗酒醉乡魂。
灯光斜照惊华发，夜雨初临洗履痕。
往事如烟浑似梦，惟留厚谊共珍存。

赠文友马天晓

苏城一去几奔波，往事回眸感慨多。
艺苑春光勤绘画，诗坛好景共吟哦。
鲅鱼圈唱辽东曲，京国城思塞北歌。
桑梓情怀犹未了，一樽酒酹少陵河。

访中国长城润滑油集团原董事长兼总经理孙毓霜

乡贤对饮满杯春，日下①相逢倍觉亲。
廿载神交成旧雨，一朝相见作嘉宾。
京华骋目家山近，诗酒开怀雅韵新。
三石三秋②得三乐，晚霞如火气氤氲。

【注】

①日下：京都。古代以帝王比日，因以皇帝所在地为"日下"。

②孙毓霜著有诗词集《碎石集》《砾石集》《砂石集》和诗文集《三秋集》等。

参观乡友王心元"沁彩"国画作品展

普度寺中展画廊，丹青涌动现华章。

一觥水墨惊神鬼，满纸烟云上太行。

椽笔如飞成沁彩，匠心独具透新光。

涅槃全赖曹霑语[①]，石破天惊秋雨狂[②]。

【注】

①曹雪芹《废艺斋集稿》中有"敷彩之要，光居其首"的论述。

②唐代诗人李贺《李凭箜篌引》中"女娲炼石补天处，石破天惊逗秋雨。"形容乐声高亢激越，有惊天动地之势。后多用以比喻某一事物或文章议论新奇惊人。

观吕梁松吟友作草书

龙蛇笔走绕枯藤，砚海翻波展大鹏。

墨浸云烟雷电闪，字淋风雨鬼神惊。

诗潮滚滚江河下，战马萧萧刀剑横。

醉素颠张犹避让，豪情满腹入条屏。

赠吕良松吟友

宋韵唐音最有情，吟旌高举意纵横。

一觥诗酒千家醉，万卷词章百鸟鸣。

文库神州传美誉，集成华夏载芳名。

骚坛自古谁堪比？天识东方正结盟。

【注】

俊识（北京）文化传媒有限公司总经理吕梁松与中华诗词协会联合主编《中华诗词文库》，并正在组织编辑出版《中华诗词集成》大型诗词丛书。

悼念巴彦农民诗人费忠元 三首

（一）

驰骋吟坛几十年，一朝长别泪潸然。

少陵河水愁波涌，驿马山风暑气寒。

诗里几回曾把酒，梦中一次却归天。

凡人难阻黄泉路，独剩音容在眼前。

（二）

忽传噩耗两眸昏，遥向苏城哭楚魂。

热血曾融穷棒岗，豪情尽唱富民村。

诗坛有幸多才俊，韵海无情别草根。

一曲哀歌送吟长，晴空泪雨洒乾坤。

（三）

回眸往事梦魂萦，赤子犹存乡土情。
田野高歌发慷慨，龙江策马写纵横。
春风拂绿诗千首，秋日煨红酒一觥。
最是令人悲痛处，苏城九夏送亡灵。

次韵张福有"长白山诗社成立三十周年恰逢《文化吉林》筹办'中秋诗会'感赋"韵

中秋八月沐金风，玉魄凝辉九域同。
长白卅年林荫茂，松花千里浪涛雄。
吟怀未改情如旧，雅兴方浓韵适衷。
放眼神州复兴路，江河不废永朝东。

登吉林向海揽海阁

一上阁楼胸次宽，蒸腾向海望无边。
清波百里入双目，碧树千重笼九天。
白鹤飞来惊白鹭，银舟划破逝银烟。
秋风吹拂消残暑，诗笔犹存水墨间。

结婚四十周年感怀

雨雨风风四十年，并肩执手两相牵。
朱颜渐改皱纹起，衰骨偷生华发添。
回首犹思岁寒日，归田独喜艳阳天。
膝前难得双儿女，抱起小孙腰乐弯。

闻三弟成柏骨灰将于近日于广州下葬

死别生离十五年，如今手足已难全。
苏城梦断家山远，粤海魂归孤岭眠。
此去南疆应有意，若回塞北已无缘。
忽闻吉日将安葬，老眼迷濛泪未干。

牡丹江市过中秋节

云雾拨开露玉盘，清辉万里洒尘寰。
柳梢摇曳江波冷，桂影横斜霜鬓寒。
把酒问天花有意，赋诗寻句夜无眠。
思乡难使乡愁了，一曲清歌听二泉。

车过东宁

车过东宁思绪翻，从师考古忆当年。
芳华逝去山犹绿，秋日归来水正寒。
一梦常思边塞地，四时最喜早霜天。
回眸往事皆成土，记忆惟存诗赋间。

参观东宁要塞遗址

贼心不死凿勋山，战迹遗留成大观。
隧道幽深通曲径，洞门隐蔽据雄关。
劳工血染柞林翠，鬼魅魂残石罅寒。
胜利今朝应警惕，和颜勿忘对仇颜。

参观牡丹江市收藏家柳贵田收藏文物展

牡丹江畔铸辉煌，古物罗陈玉满堂。
画像砖中称魁首，货泉行内誉钱王。
辽金丰赡多铜釜，渤海珍稀藏瓦当。
慧眼识珠珍宝聚，文明开启振乡邦。

造访深圳荔园诗社并受宴请感怀 二首

（一）

秋色袭来枝愈繁，花香依旧馥侵园。

浓阴遮屋迎朝日，修竹当窗透翠轩。

笔走龙蛇盈四壁，韵融风雅汇千言。

敢教林苑成诗苑，筑起长廊自有源。

（二）

网上芳名已早知，吟朋莫笑我来迟。

鹏城九月花枝茂，禹甸四方清韵飞。

酒醉茅台融翰墨，情迷兰室赋新词。

荔园素客人相见，塞北岭南携手时。

【注】

素客：丁香之别称，此处代指丁香诗社。

癸巳重九同岁寒公子毓游深圳中国民俗文化村

乘兴同游文化村，中华儿女共寻根。

土楼苗寨欢歌起，羌笛芦笙笑语存。

万种风情增特色，千年民俗载灵魂。

景观微缩芳园内，锦绣神州敞大门。

谢赠岁寒公子毓

暮秋借道莅鹏城，公子老农①携手迎。
荔苑寻芳增雅兴，嘉园赏景吐丹诚。
荧屏评帖诗千首，粤海相逢酒一觥。
莫笑山人北来急，皆因素客结诗盟。

【注】

①公子：为岁寒公子毓陆玉梅；老农：为老农夫黄重远先生。

参观何香凝美术馆

鹏城无意巧登临，步入芳厅雅韵寻。
秋菊凌霜凝远志，寒梅傲雪见冰心。
盈怀清气冲孤岭，满腹豪情动峻岑。
题跋名流尽佳句，精神不朽载芳林。

依韵奉和岁寒公子毓同游中国民俗文化村

三秋时节碧空明，南国芳园气更清。
宝塔映池垂绿树，石桥跨水溅珠缨。
土楼接客茶犹热，苗寨飞歌人有情。
民俗村中赏民俗，常留记忆在鹏城。

依韵奉和岁寒公子毓

芸馆潜心独自修，身居黑水望神州。
关山万里溶溶月，边塞千年漫漫秋。
泪洒残图增旧恨，梦思失地惹新愁。
欲将刀笔更长戟，马革裹尸犹未休。

龙江旧友于深圳王子酒店招饮有赠

王子八年灯又红①，烛光摇曳半朦胧。
残生渐与秋光老，馀兴犹随烈酒浓。
志苑无缘重聚首，鹏城有幸喜相逢。
匆匆一别八千里，廿载常思一握中。

【注】

①八年前龙江旧友曾于深圳王子酒店请余共进晚餐。

依韵和双山《生日自题》

九月冰城发浩音，佳辰六六满杯斟。
铜琶一曲凌云志，铁骨双肩动地心。
桑梓情浓海天阔，诗词韵雅意情深。
满怀豪气神尤爽，鬼域妖氛难入侵。

和岁寒公子毓《冬日寄塞北诗友》

漫天皆白染全身，片刻行人变玉人。

游子冰城独增爱，健儿雪地最相亲。

银锹竹帚成交响，铁铲机车碾垢尘。

何日东君梦先醒？清晨先报一枝春。

沉痛悼念生伯及先生 四首

　　生伯及先生乃吾忘年之交同乡诗友也。先生生于1930年。1996年因其于书店偶得拙集《长铗归来斋诗草》，便相约于冰城柳园酒家相见。诗酒开怀，一见如故，相见恨晚。先生不计年长，为避代沟，与余便以兄弟相称，然却胜似亲兄弟。嗣后，诗酒频相唱和，交往日深，惺惺相惜，先生竟能背诵拙诗数十首，乃成余之真正知己挚朋也。今春先生患病，余曾两次登门探望。未料孟冬刚至，噩耗忽传，正当今晨（11月26日）大雪初霁之时，先生竟撒手人寰，离吾而去矣。闻之不生哀痛，特成挽诗四首以悼之。

（一）

忽闻雄魄落苏城①，电话传来不敢听。

缟素无边风袭雪，伤悲不尽泪融冰。

情深故里君先走，韵冷诗坛笔骤停。

一别黄泉天地远，挽联写罢送君行。

【注】

①苏城：巴彦县原名巴彦苏苏，简称苏城，余与伯及先生同为巴彦人。

(二)

相识冰城十七年，情深胜似友于间。

柳园把酒因诗醉，韵海吟歌赖手牵。

驿马秋风少陵梦①，松江曙色古城烟。

痛心十月君离去，风雪交加泪未干。

【注】

①驿马：即驿马山；少陵：乃少陵河。均为故乡巴彦山河。

(三)

与君相识受恩多，记忆海洋掀浪波。

黑土情怀凝大爱，丹心韵语汇心河。

每谈诗苑风骚事，便赞山人长铗歌。

此去泉台无日见，琴裂弦崩奈若何？

(四)

忽传噩耗独伤神，冰涕双流沾满身。

雅韵犹存三百首，华龄总盼八千春。

菊兰斋①里花虽谢，桑梓城中影更真。

流水高山今去也，偶成新作示何人？

【注】

① 伯及先生斋署菊兰斋，著有《菊兰斋诗稿》《菊兰斋诗文集》。

沉痛悼念张书田（春风吹梦）先生

噩耗传来悲绪飞，荧屏吊祭笔难挥。

春风未暖魂先去，大雪犹吹梦已归。

人去泉台思故友，诗登网络泪沾衣。

乾坤缟素送君往，满树银花映落晖。

以上作于2013年

甲午迎春曲 十首

（一）

翘望中枢细品题，一年执政众心齐。

金蛇狂舞犹回首，骏马奔腾尽奋蹄。

独有雄心打蝇虎，更增壮志斩鲸鲵。

登高自有云梯上，泰岳巅头唱晓鸡。

（二）

凝眸昂首望苍穹，浩瀚星河飘渺中。

玉兔回宫犹折桂，嫦娥奔月共登空。

神舟飞转乾坤小，华夏欢腾宇宙通。

我欲乘风天外去，鲲鹏缚罢缚长龙。

（三）

力求勤俭戒豪奢，禁令全凭铁手抓。
香阙楼空宾客少，华堂灯暗酒旗斜。
庆丰包子连民众，主席套餐誉万家。
自古奢贪吃喝始，春风一缕绽新花。

（四）

党风教育敞开门，八项新规重铸魂。
执政尤应戒贪腐，当官务必重廉勤。
豪车宝马须还退，巨室华堂莫占吞。
缚虎灭蝇成效大，阴霾扫尽见乾坤。

（五）

三中盛会震苍穹，改革大潮翻巨龙。
五岭齐凝正能量，万民共煞腐贪风。
放权简政增新效，守纪遵规练硬功。
气朗天晴今有日，文明民主百花红。

（六）

文化繁荣景象新，舞台处处向人民。
荧屏洁净犹增彩，晚会减轻忙瘦身。
龙马精神传九域，核心价值暖三春。
欢歌笑语迎佳节，气爽风清却杂尘。

（七）

棱镜门中出丑闻，监听到处露蛛痕。

人权无故遭侵害，法制何因受剥吞。

信息曝光惊总统，安全危急乱家门。

世间多少稀奇事，都是强权闹鬼魂。

（八）

东洋远望漫妖氛，军国阴魂笼夕曛。

九域难容拜神社，五洲不可乱风云。

欺人一定要亡灭，玩火从来必自焚。

争岛馀波今未了，中华固土岂能分。

（九）

回眸甲午忆当年，激愤满腔冲碧天。

为护三韩兴战事，却教辽海起烽烟。

佛爷万寿挪军费，渐甫①卑颜屈马关。

华夏复兴今有望，犹留教训在心间。

【注】

①渐甫：李鸿章字渐甫。

（十）

缘何市井自吟嘲，众口纷纷说土豪。

刚脱贫穷莫装阔，稍加富庶忌追高。

从来奢侈无穷尽，自古清廉有目标。

携手同圆中国梦，后朝犹可胜前朝。

甲午贺岁

岁交甲午又新年，满腹豪情把酒端。

龙马精神追日月，松梅品格壮坤乾。

风清气正三冬暖，心畅民和九域安。

举国同圆复兴梦，神州无处不尧天。

读李明先生《拾起心中的花朵》

鲜花一捧满筐装，志苑犹将宏论藏。

生命阳光①勤泼洒，文坛意气正昂扬。

关心后代评周报，注目语林编锦囊。

读罢新书惊且喜，心潮涌动似长江。

【注】

①生命阳光：李明著有《收藏生命的阳光》一书。

闻春风兄莅临红荔诗社步渔樵韵犹忆去秋余莅鹏城红荔诗友诗酒相迎

有缘千里定相逢，网上诗坛雅趣同。
荔苑春风吹绿柳，鹏城秋月载泥鸿。
北疆雨水雪犹白，南国新正花正红。
云影天光遥望处，临歧方觉眼迷濛。

次韵冷石《贺怡安老九十寿》

诗书成癖本相同，翰墨陶情醉塞翁。
谈史说文才八斗，藏真养性酒千盅。
仙风道骨神犹爽，智水仁山乐未穷。
时值良辰庆华诞，龙城四月正春浓。

父亡十年祭

冰城遥望故园天，痛别家严整十年。
梦里相逢欲同往，坟前拜祭忘回还。
慈恩泽后传三代，遗训存心跨九泉。
又是清明风雪日，纸钱烧透泪难干。

心焦马航失联客机

数日失联思马航，归期未晓路多长。

望穿秋水望穿月，梦断沧溟梦断肠。

铁舰巡搜逼海底，银鹰探测漫穹苍。

恨不星球全找遍，保我同胞返故乡。

书赠族兄柳成林

一别苏城近卅年，滨江①相聚有因缘。

河东老树根犹茂，下坎②新枝叶正繁。

柳絮情牵丝未断，乡愁梦绕鬓先斑。

芳姑③四伯④今何在，往事如烟咒逝川。

【注】

①滨江：民国时期哈尔滨之别称。

②余家祖籍山东省登州府莱阳县，清朝咸丰末年黑龙江弛禁，始来巴彦苏苏南段南下坎辟荒建屯，名曰柳家屯，即今巴彦县富江乡新合村。

③芳姑：即柳玉芳（1925—2001），成林兄亲姑，哈尔滨市安广小学特级教师，生前曾被评为全国劳动模范、全国三八红旗手、全国五讲四美为人师表优秀教师，全国五一劳动奖章获得者。

④四伯：即景元公，成林兄之父，余之四伯也。生前为巴彦著名中医，因家庭出身问题，"文化大革命"中倍受折磨。

沉痛悼念著名学者来新夏先生

著名历史学家、文献学家、图书馆学家、南开大学教授来新夏先生因病医治无效，于2014年3月31日不幸去世，享年92岁。

落花流水①逝津门，拭目荧屏泪有痕。

邃谷斋中书失主，南开园内树留根。

史坛人去北洋在，志苑文垂概论存。

年谱知人通七略，晚年变法②铸新魂。

【注】

①有人以"流水落花春去也"打一人名"来新夏"

②来新夏先生笔耕不辍，自称晚年"变法"，从上个世纪90年代开始随笔写作。出版有《冷眼热心》《依然集》《枫林唱晚》《一苇争流》《邃谷谈往》《且去填词》《出枥集》《80后》《交融集》等随笔集。

学习山东省沂源县张家泉村原党支部书记重残军人朱彦夫

抗美援朝功绩殊，一场恶战四肢无。

丹心浸血山村变，铁骨铺田贫困除。

独目睁圆喷烈焰，双肩耸直著新书①。

凛然浩气惊神鬼，无悔男儿真丈夫。

【注】

①朱彦夫用汗水、用泪水、用赤心、用生命写出了33万字和20万字的自传体小说《极限人生》《男儿无悔》。

读《外国公民为何成了人大代表》有感

几多大腕一成名，国籍偏偏要变更。
华夏根摇心远去，泰西卡绿手高擎。
会堂端坐犹参政，艺苑乔装更放声。
莫道尘寰多怪事，人民代表外宾增。

祝贺四弟成森六十周岁生日

四弟成森客居新加坡，癸巳三月十二日，适逢其马年花甲，赋诗以贺。

为女看儿又远航，云涯万里走他乡。
还家去岁哭亡弟，出国今春踏雪霜。
沧海无边思觉岸，人生有限叹斜阳。
欣逢花甲多珍重，华诞唯期福寿康。

学习李克强总理为第五次全国地方志工作会议所作的重要批示

志苑春风荡宇寰，电波飞处涌波澜。
文明传递五千载，智慧留存十万篇①。
继往开来歌盛世，承前启后着新鞭。
白云作纸江溶墨，巨笔如椽写昊天。

【注】

①我国现存1949年以前编纂的各种地方志八千馀种，十万馀卷。

甲午暮春唱虹斋（王福生）于龙华渔村招饮丁香诗社诸友有作 二首

（一）

冰城三月旭阳高，点热豪情上柳梢。

榆树梅开姿最艳，小桃红绽色尤娇。

梨花雨润身心醉，宋瓦江①开块垒浇。

雅集情深缘素客，唱虹斋里酒如潮。

【注】

①松花江：金代，上游称宋瓦江，下游称混同江。元代，上、下游统称为宋瓦江，自明朝宣德年间改名叫松花江。

（二）

松花江畔聚渔村，满腹豪情樽对樽。

暖日迎回春到早，寒风逝去血犹温。

丁香一夜含芳蕊，诗酒三杯醉客魂。

旧雨新知同采撷，花香九域壮乾坤。

题贺罗永春《寒窗听雪》诗词集付梓

十五年来逐逝波，梦中长忆少陵河。
苏城修志识君早，韵海吟风酌字多。
文史编成垂邑史，旧歌结集唱新歌。
今夜寒窗同听雪，高山流水共吟哦。

复和福生吟友《书斋》

缥缃万卷任吾观，学海徜徉未等闲。
史乘寻根问坟典，诗书摘句溯泉源。
焚香诵读真经写，沐手瞻观玉册翻。
翰墨香飘琴韵里，新词吟罢自怡然。

沉痛悼念二胡皇后闵慧芬

江河呜咽起悲声，泉月迷濛泪眼横。
去岁长城还赛马，今朝宝玉却哭灵。
金弓难把琴魂挽，玉指犹留雅韵听。
借问大师欲何往？人间冥世两关情。

【注】

闵慧芬演奏的著名乐曲有《江河水》《赛马》《长城随想曲》《宝玉哭灵》等。

祝贺萧士恕先生九十华诞

《黑龙江广播电视报》2014年第20期刊载了《90岁黑龙江老翁活成了"神仙"》一文，介绍了讷河市年交90岁的萧士恕先生用心笑看人生、用腿走看人生、用脑创作人生的不老人生传奇。

银发盈头气宇昂，顽童本色蕴奇方。
人生有志须勤奋，岁月无情赖自强。
踏遍五洲观世界，壮游九域览沧桑。
春风桃李十年树，万里征途沐夕阳。

【注】

萧士恕先生著有《桃李春风》《十年树木满园春》等著作。

端午感怀

赤子难忘华夏根，千秋历史总留痕。
江河飞雪龙舟渡，兰蕙飘香蒲酒温。
楚韵犹沾家国泪，民风常系梓桑魂。
年年端午诗词祭，曲曲高歌动厚坤。

赠哈尔滨市红叶诗词研究会会长阎义勤吟长

依声拈韵几人同，耄耋引吭歌大风。
过目犹吟三百首，疏财敢做一豪雄。
爱心尽染青山绿，热血常浇赤叶红。
诗酒千樽人共醉，骚坛佳话总无穷。

书赠北大荒作协主席、博物馆馆长赵国春先生

散逸心灵空谷音①，大荒深处有森林。
无边沃野山花俏，不尽豪情春水深。
金色阳光金色雨，赤诚肝胆赤诚心。
文章华国书千卷，黑土精神发浩吟。

【注】

①赵国春著有《散逸集》《心灵的倾诉》《荒野灵音》等多部散文集。

祝贺鹤城诗会召开

嫩水高歌百鸟鸣，端阳五月引诗情。
吟坛江省龙沙著，词苑中华四海兴。
榴火烧红肝胆赤，熏风吹绿碧波清。
只因无暇难临会，一曲心音寄鹤城。

赠杨小源先生二首并序

　　甲午仲夏，龙江诗坛旧友杨小源先生客临冰城，鲁君仲平于友谊宫香石竹厅招饮，余与六然公刘氏金鹏、塞北梅翁徐公景波、风雪夜归人赵君宝海应邀作陪，开怀畅饮，甚是尽兴。小源兄原为集贤县委宣传部副部长兼县文联主席，为组建七星诗社，发展龙江诗词事业贡献颇多。退休后移居沈阳，不废吟哦，弘扬诗教，广结吟朋，诗名远扬辽沈，飞跃华夏。现为中华诗词学会理事，沈阳诗词学会副会长，柳塘诗社副社长，《柳塘诗词》副主编，《凤凰楼诗词》执行主编。著有《听雪斋吟稿》《风物杂咏》等。2005年夏，余曾于小源兄相会于望奎，一别至今已九载矣。

（一）

冰城五月沐和风，榴火燃红友谊宫。
松水扬波迎远客，竹厅把酒敬诗翁。
豪情万种存桑梓，绮梦千回忆燕鸿。
听雪斋中犹听雪，盛京一去更雕龙。

（二）

离乡千里喜重逢，九载犹如一梦中。
网海徜徉松韵绿，吟坛驰骋柳塘红。
凤凰楼上观斜照，沈水河滨啸晚风。
休致离江赴辽海，放歌何必计西东。

浏园怀古

　　浏园，原名留园。位于齐齐哈尔市西虹桥西、嫩江东畔（今浏园游泳场附近）。原为黑龙江省警务处长、省会警察厅兼市政公所长刘德全所建的一处私人园林。园中碧树掩映，清波环绕，花草满园，清静幽美，文人雅士长于此雅集，诗酒唱和，留存不少佳篇妙句，成为民国时期龙沙一胜景也。今圮废。

龙沙胜景忆浏园，雅士曾经聚省垣。
诗酒当年吟碧树，词章几度启朱轩。
风吹堤岸寻残梦，雨打沙洲失野鸳。
往事如烟成旧史，风流不见水空翻。

祝贺鹤岗博物馆布展成功

馆舍巍峨布展成，文明窗口启边庭。
千秋肃慎传青史，一代兴山载盛名。
浴血抗联垂鹤北，发光炭火耀煤城。
大荒深处风流铸，观后尤增黑土情。

游名山镇

曾经几次莅名山，今日欣逢盛夏天。
异域风情凝广场，界江展馆绘新篇。
泛舟潮涌三千里，登岛心牵两岸间。
丽日清波融胜景，边陲游历梦犹酣。

巴彦一中高中三十五班部分同学重逢感怀 三首

（一）

别梦依稀卅六年，青春失去始知怜。
老来惟觉家山近，归去惊看鬓发斑。
母校榆林浓荫蔽，苏城学子故乡还。
重逢犹忆衰亡友，诗酒三杯祭逝川。

（二）

故园回首撑埃尘，往事如烟记忆新。
十载难圆升学梦，两年曾做下乡人。
求知黑土舒双翼，沥血青春展自身。
休道功名成与败，健康体魄最须珍。

（三）

六月和风袖底生，连天阴雨送清泠。
少陵波涌诗千首，五岳河倾酒一觥。
卅载萍踪成梦影，半生鸿爪入丹青。
有缘今日重相聚，夕照无边颂晚晴。

沉痛悼念翟志国吟长 三首

（一）

与君相识几多年，把酒吟诗信有缘。
树帜关东扬黑土，领军赤县赋新篇。
采风犹达白山脚，编集亲临浑水边。
一去伊通成永诀，南天遥望泪潸然。

（二）

信是诗仙又酒仙，性情豪爽气冲天。
冰城几次开怀饮，诗苑多回把手牵。
耐寂轩中犹耐寂，难眠夜里更难眠。
阴阳路阻思难尽，曲曲哀歌入九泉。

（三）

诗苑男儿几个同，龙江沃土育豪雄。

蹉跎忘却惟耽酒，坎坷丢开更唱风。

黑水苍茫因泪涨，白山缟素赖悲浓。

先生此去当垆冷，塞外从今少醉翁。

和桑榆兄《遥贺成栋退休后新作结集刊行》

退隐林泉未肯闲，夙兴夜寐惜残年。

苍龙日暮云行雨，老树秋深果满川。

学海徜徉犹奋笔，书林剔抉自成篇。

斜阳烧得青山赤，啸月吟风霞满天。

和张福有先生《破解"黄龙府"难题有记》

诗家好古已痴迷，考献披沙为解题。

千载黄龙浮水面，一腔热血洒金鳌。

古城兴废宏文赏，史册钩沉铁证提。

渤海辽金成以往，雪泥鸿爪任人稽。

喜读李明先生《珍藏拨动心弦的音符》

缥缃插翅入芸窗，友谊花开尽吐芳。
拨动心弦心曲奏，翻开记忆记闻藏。
志坛回首埋坟典，周报辉煌写凤凰。
鸿爪雪泥成一卷，石头城上沐斜阳。

包德珍吟长踏访故乡冰城诗友雅集有赠 二首

（一）

结社兰河起北疆，关东筑阵海天长。
身居琼岛椰风远，梦忆冰城素客香。
禹甸吟坛擎大纛，荧屏诗苑论华章。
风神依旧情如旧，相见何惊两鬓霜。

（二）

一去珠崖思绪长，归来渔艇已飞霜。
椰风海韵清杯溢，鹤骨松姿雪爪藏。
放眼蓝天云作纸，遣怀赤胆笔当枪。
今朝有幸重相见，故里犹闻黑土香。

【注】
包德珍吟长别号渔艇丽人、运动丽人。

祝贺云南省地方志办公室李景煜先生九十华诞

志坛一柱守南天，史乘相依三十年。
继晷焚膏垂白发，呕心沥血著新篇。
春秋笔下真情写，唐宋词中雅韵传。
滇水高歌庆鲐背，松姿鹤骨赶彭篯。

闻《宁夏史志》连载宁夏百件大事有感

百条大事记沧桑，塞上江南翰墨香。
志苑倾情挥巨笔，期刊逐册载华章。
千秋梦醒回西夏，万卷成书壮朔方。
串串珍珠连九域，黄河东去史悠长。

寄与深圳荔园诗社诗友合影照片兼赠岁梅子卿卿

鹏程千里系诗心，九月金风吹满襟。
素客因缘逢旧雨，荔园有幸遇知音。
骊歌弹罢芳踪远，玉照存时鸿爪深。
塞北岭南携手处，荧屏结社共高吟。

题施安《赤怀集》

赤子情怀赤子心，铜琶铁板奏强音。
一腔热血如潮涌，万里河山共海吟。
宝岛风光连九域，钓台礁土值千金。
稼轩词系放翁韵，爱国精神壮士林。

祈福的老神树

绥化农垦分局和平牧场二腾管区小庙子村有一棵420余年树龄的老榆树，皮若龙鳞，冠如巨伞，五根分枝斜出，中间可横卧一人，被称为五指连心树。古树历尽沧桑，枝繁叶茂，村民、游人常到此处祈福，故又被称为祈福的老神树，古树已成为北大荒的文化地理坐标。

古榆斑驳宛如龙，巨伞张开罩九重。
五指连心根系紧，千枝蔽日叶犹浓。
沧桑历尽成村史，岁月消磨识旧踪。
文化地标留胜迹，大荒祈福福无穷。

谒和平牧场小庙子村喇嘛庙遗址

双双老树守荒村，庙毁依然护庙门。
衰草拨开忙考古，残砖拾起为寻根。
田翁指处斜阳远，香火消时记忆存。
曩昔喇嘛何处去？云游佛国为酬恩。

修志感怀

志苑花开卅四年，盈枝硕果倍堪怜。
千秋金匮①图经②集，三尺铁规条例颁③。
年鉴回归成一统④，职方⑤荟萃得完全。
开来继往征帆启，椽笔高挥好梦圆。

【注】

①金匮：即铜制的柜。古时用以收藏图书文献或文物。此处指新建立不久的黑龙江省方志馆。

②图经：方志之别称也。

③三尺铁规条例颁：《黑龙江省地方志工作规定》2014年9月17日颁布，11月1日起实施。

④省政府决定将《黑龙江年鉴》编纂工作划归省地方志办公室编纂。

⑤职方：即职方氏。《周礼·职方》职方氏掌天下之图，以掌天下之地。辨其邦国都鄙四夷、八蛮、七闽、九貉、五戎、六狄之人民与其财用，九谷、六畜之数要，周知其利，乃辨九州岛之国，使同贯利。此处指地方志工作者。

步岁寒公子毓《重阳捧读〈退食吟稿〉有寄》

节到重阳感日华，冰城九月看残花。
南飞孤雁云天远，北度秋风梦影斜。
白日放歌诗浸酒，黄昏纵笔墨当茶。
休言归隐知音少，韵海吟朋涌客槎。

乘车将为出版社审读之书稿丢失自嘲

三杯两盏忘西东，书稿落于车座中。

马虎一时终酿祸，粗心半辈少成功。

重新打印羞开口，反复搜寻总费工。

尔后出行当谨慎，莫因大意手空空。

祝贺寒梅斋主人徐景波六十华诞二首

（一）

冰城有幸识梅翁，塞北琼葩映雪鸿。

广结吟朋连禹甸，频敲韵语醉花丛。

心香烧透丁香紫，汗水浇开黑水红。

诗酒千杯今共饮，独留一盏醉秋风。

（二）

塞北梅翁今杖乡，吟朋把酒醉千觞。

林泉归隐迎朝日，韵海遨游沐夕阳。

挈子偏能蓄野鹤，妻梅尤爱伴丁香。

春风二度休闲后，雅兴消融两鬓霜。

闻南开大学为中国古典文学专家叶嘉莹先生兴建的迦陵学舍封顶

浪迹天涯赤胆存，今朝落叶喜归根。
南开楼起圆家梦，北苑春回壮国魂。
兴教诗心犹沥血，侍师笔记①未忘恩。
唐风宋韵千秋里，桃李花开又一村。

【注】

①顾随诗词讲记：叶嘉莹笔记，顾之京整理，2010年由中国人民大学出版社出版。

和荣雪堂主《〈退食吟稿〉读后》

长铗犹弹却隐归，书山插翅正高飞。
擎杯对影观明月，漫步临风赏落晖。
案窄只因多翰墨，诗丰自叹少琼玑。
皮黄陶醉神魂里，退食何须再着绯①。

【注】

①着绯穿红色的官服。古代官服颜色不同，表示官吏品级的高低。如唐上元元年定制：文武三品以上服紫，四品服深绯，五品服浅绯，六品服深绿，七品服浅绿，八品服深青，九品服浅青。后常以"着绯"指当了中级官员。唐·白居易《初着绯戏赠元九》诗："那知垂白日，始是着绯年！"

编校亡友生伯及先生遗著《菊兰斋诗文续集》感怀

人去斋空独剩花，菊兰重放慰诗家。
吟风凄切凝秋露，韵海苍茫沐晚霞。
写尽乡愁回故里，编成思念向天涯。
缥缃四卷付梨枣，一瓣心香浸日华。

甲午立冬日冰城诸文友同游天恒山

郊外登山值立冬，天恒一踏沐寒风。
层林萧瑟弥霜霭，宝刹恢弘起卧龙。
古道沙丘陈落叶，高岑云影望飞鸿。
关河冷后明春转，草木枯荣总不同。

天恒山卧龙寺规模初具

一上天恒访卧龙，山门初启路方通。
药师殿上刚悬匾，弥勒堂前待报钟。
欲植菩提施法雨，好登禅室练真功。
慈航普度众生盼，惟愿明春香火红。

韩光第将军遗骨重新安葬感怀

未死英灵总有痕，将军遗骨又归根。
豪情碧血融边塞，铁骨丹心映冢门。
陵墓毁时人可复，良心丧后德无存。
千秋浩气冲霄汉，故里今重葬国魂。

纪念韩光第将军殉国八十五周年遗骸迁葬仪式在双城举行

守边护路用兵勤，扎满今犹笼战云。
铁骑四千拼一死，战壕二夜壮三军。
丹心白雪英雄泪，浩气悲歌烈士坟。
八十五年卫家国，勋名不朽总难焚。

祝贺《讷河诗词》付梓

雅韵高吟壮北疆，芸编结集汇华章。
索伦①劲旅英雄地，虞猎②园区名将乡③。
玉薯④传扬讷谟尔，金珠⑤滚动黑龙江。
百年风物诗成史，付梓犹闻梨枣香。

【注】

①索伦：清代对居住在黑龙江上中游以至石勒喀河、精奇里江至牛满江流域鄂温克等民族的总称。17世纪因沙俄的不断入侵，陆续内迁

入嫩江、讷谟尔河和雅鲁河流域。讷河清代属布特哈辖区，清政府凡遇平叛、抚剿等战事，多从黑龙江（瑷珲）、布特哈、墨尔根等地征调。

②虞猎：由满语"布特哈"引申而来。"布特哈"，满语汉译意为"虞猎""打牲处"，"虞猎"即"渔猎"。清代将索伦、达斡尔、鄂伦春、赫哲人等居处的嫩江流域及大小兴安岭地区统称布特哈。

③名将乡：清代，讷河地区出生的二品以上文武官员就达30多人。

④玉薯：代指马铃薯，讷河为黑龙江省马铃薯重要产区，素有"马铃薯之乡"之称。

⑤金豆：代指大豆，讷河为黑龙江优质大豆重要产区。

看新编历史京剧《春秋二胥》

历史新编高一筹，淋漓酣畅气尤遒。
子妻父纳终留恨，族耻君昭已解羞。
避难投吴虽有路，借兵伐楚却过头。
千秋恩怨谁评定，莫把家仇当国仇。

甲午孟冬志华兄招饮赠司马小生孙亦东吟长

莫道今冬寒冷迟，火锅烧沸煮新诗。
丁香情结临屏后，黑水歌吟雅集时。
玉树迎风忙踏雪，素笺着墨好填词。
山人今日逢司马，把酒冰城醉未知。

北京APEC会议晚宴各国领导和政要及其配偶着中国服装集体亮相

衣冠上国礼仪深，服饰绵延古至今，
宋锦裁成单立领，真丝剪就对开襟。
时装新款辟蹊径，海水江崖运匠心。
蝶化犹存中国范，晚风盈袖入琼林。

悼念王成纲先生 二首

（一）

先生辞世太匆忙，噩耗传来思绪长。
把酒京西杯酒醉，飞鸿塞北雪鸿藏。
宏编七卷名华夏，吟友三千遍梓桑。
平水泛舟谁引领，诗成早已泪双行。

（二）

当年唱玉①识诗翁，京兆冰城飞雁鸿。
骚客因君载华夏，宏编赖我补江东②。
清风气薄蓬莱月，傲骨魂融燕岭松。
一片直言传韵海，神州依旧沐唐风。

【注】

①唱玉：1999年余与崔书春、张智深、王福生、韩宇廷组成素客诗社，办社刊曰《唱玉》。

②宏编赖我补江东：王成刚先生编辑《华夏吟友》，在第四卷中收录余之《黑水吟草》八首，曾复信曰：《吟友》所收诗作遍及神州各地，惟少反映黑龙江以北、乌苏里江以东题材的诗作，君之诗入编，正好补充这一空白，功莫大焉。

写在南京大屠杀死难者国家公祭日 二首

（一）

家亡国破忆当年，卅万同胞血未干。
尸骨成山灾遍地，冤仇如海恨冲天。
街衢全被铁蹄踏，妇幼犹遭野兽奸。
六代豪华春尽处，石头城上笼狼烟。

（二）

记忆追回泪潸然，屠城历史岂能翻？
文书万卷犹流血，档案千篇尽诉冤。
死者亡魂仇似海，活人铁证恨如山。
苍天垂首同公祭，国耻永铭华夏间。

司马小生阿城招饮依前韵谢之

百里行程车到迟，应邀会友好吟诗。
金源故地重逢后，素客园中雅颂时。
只为人生斟好酒，便朝黑土掘新词。
赤诚如火心尤暖，踏雪归来冷未知。

生伯及先生逝世周年适逢其遗著《菊兰斋诗文集》（续集）出版

别去泉台晓梦寒，阴阳两隔泪花残。
清吟未觉遗音远，热捧犹欣雅韵还。
冰雪佳城①人踏雪，菊兰旧室客思兰。
缥缃几册忙焚化，奉给诗翁好阅观。

【注】

①佳城，犹墓地也。典出《西京杂记》卷四。"佳城郁郁，三千年见白日。吁嗟滕公居此室。"后遂以佳城喻指墓地。

庆祝澳门回归祖国十五周年

七子之歌发浩吟，离家飞鸟喜归林。
神龙舞活澳门梦，菡萏绽开中国心。
镜海长虹挥彩笔，三巴胜迹载高岑。
沧桑历尽民生改，净客旗飘酒共斟。

以上作于2014年

赠浙江省地方志办公室颜越虎先生

越虎出山吴越惊，志坛跨步入杭城。

学思录①里思成集，简史②书中史结晶。

八桂③相逢犹觉晚，四明④幸会总关情。

钱塘游罢奔溪口，难忘先生助我行。

【注】

①颜越虎著有《学思录——颜越虎地方志文选》。

②颜越虎著有《绍兴简史》。

③八桂：广西简称。

④四明：宁波市西南有四明山，因以四明代指宁波。

受赠《西樵方志论文集》赠任根珠先生 二首

（一）

晋阳自古出英贤，一颗明珠映月圆。

报海焚膏燃蜡炬，文山挖土掘甘泉。

点评概述成新著，整理志书刊旧编。

最是论丛传九域，晚霞如火展云笺。

（二）

志坛交友识西樵，千里传书未觉遥。

秋月杯盈汾水酒，冬云桥看运河潮。

未因解甲便藏剑，却为归田忙射雕。

有幸与君常会面，西湖留影映重霄。

祝贺姚中嶒先生《苍茫乌苏里》三部曲出版

三部曲成双鬓斑，冰城把酒尽欢颜。
风情染透乌苏里，故事详编完达山。
泉野归来犹植树，志坛退后未休班。
斜阳万里霜林醉，挠力河边得胜还。

题国家电网黑龙江电力李庆长共产党员服务队

党员服务遍冰城，志愿旗开众手擎。
心系千家驱黑暗，情牵百姓送光明。
无边电网连成片，一队英雄灿若星。
解难排忧争奉献，庆长率队铸忠诚。

题用生命践行誓言的好警察赵厚福烈士

从警八年摸滚爬，一腔碧血染红花。
刑侦慧眼窥毫末，破案精心斩乱麻。
蹲点蹲坑驱黑夜，救危救急沐朝霞。
心怀百姓爱家国，烈士英名众口夸。

甲午仲冬重游兰亭

翠竹盈园爽气清，会稽山色亦分明。

当年雅集人何在？今日重游我壮行。

曲水流觞观曲水，兰亭把酒话兰亭。

鹅池摄影神游远，修禊事弥千载情。

参观绍兴章学诚故居

为拜大师江浙行，居存闹市亦凄清。

一生未仕犹堪惜，四海奔波岂为名？

十议①形成游志苑，三书②创立树旗旌。

校雠文史双通义③，治学方知论说精。

【注】

①章学诚着有《修志十议》等论文。

②章学诚在《方志立三书议》论文中指出："凡欲经纪一方之文献，必立三家之学，而始可以通古人之遗意也。仿纪传正史之体而作志，仿律令典例之体而作掌故，仿《文选》《文苑》之体而作文征。三书相辅而行，阙一不可，合而为一，尤不可也。"

③《文史通义》《校雠通义》为章学诚的重要史学理论和方志学著作，被收入《章氏遗书》中。

参观海宁王国维故居

为访宗师到海宁，几经辗转始成行。
小楼若见先生影，巨著犹存故国情。
词苑惟求新境界，史坛重证古文明。
精神不朽千秋仰，惟叹从兹少俊英。

参观余杭方志馆

塘栖小镇韵悠扬，古宅翻新方志藏。
柱下观书窥邑史，楼中展卷嗅芸香。
地舆风物声光电，山水人文雨雪霜。
只为旅游舒画卷，一帧民俗现余杭。

塘栖镇漫步

漫步塘栖到水乡，运河如画沐朝阳。
明清遗韵一街抹，史志情怀万卷藏。
广济桥头观桨影，御碑亭下赏风光。
流连忘返杯高举，醉倒江南因酒香。

周有光语言学院在常州成立适逢先生
一百一十岁诞辰

华诞欣迎百十年，常州学院匾高悬。
语言文化关家国，学术精神耀地天。
难得期颐出新著，尽为汉字写鸿篇。
犹疑上帝将君忘，彭祖偷偷把话传。

志远孙六周岁生日抒怀

数九严冬腊月天，阖家团聚喜空前。
孙孙抓笔爷题字，奶奶解囊姑给钱。
喜酒斟来当翰墨，雪花摘下作诗笺。
点燃蜡烛歌同唱，硕鼠开怀小鼠欢[①]。

【注】

①余与志远孙均为戊子年生，同属鼠，相差正好五轮甲子，余自然为硕鼠，孙则成为小老鼠矣。

闻十四岁少女袁梦为父讨薪坠楼身亡诗成涕下

何故讨薪如此难，凯隆御景血斑斑。
纵身坠跳花容殒，舍命拼争泪眼穿。
替父解忧称孝女，为民除难抗柔肩，
芳魂未死人心死，老板如今只为钱。

田野风莅哈唱虹斋招饮因故未能赴宴赋诗一首转请梅翁代诵之

数九忽来田野风，冰城雅集暖融融。

千杯玉液豪情放，一曲清歌春意浓。

波涌百湖连黑水，浪掀韵海壮苍龙。

请君代进三觥酒，吟罢新诗谢唱虹。

原玉和冷石兄《古稀抒怀》 二首

（一）

龙沙万里任君驰，杖国何愁鬓发稀。

紫石濡毫泅玉楮，焦桐置案弄冰丝。

烟云逝去观江水，梦影追回印雪泥。

雅韵清吟萦耳绕，闲来犹爱小猫咪。

（二）

古稀何得一时闲，老去心中如少年。

兴雅皆因耽翰墨，情深尤欲效骚仙。

偶成诗话常随意，久读圣贤知必然。

看透人生尘俗少，皮黄最爱与君谭。

赠民俗学家牡丹江师范大学宋德胤教授

精研民俗远名扬，巨著鸿篇充栋梁。
黑土情牵宁古塔，红心爱系牡丹江。
锺门受业师恩重，黉宇教书桃李芳。
耄耋犹筹学术会，海东青翅展穿苍。

杭州西溪

湿地横穿步履迟，游人入画画生姿。
寒塘波静渔樵隐，洲渚沙平鸿鸟栖。
衰草枯黄秋去后，劲松苍翠雪飞时。
严冬惟盼春回早，万紫千红好赋诗。

元旦西湖见闻

寒波清冷笼苍烟，翠减香消隐画船。
游客如梭潮水涌，诗情若海浪花翻。
断桥无雪犹留影，宝塔因蛇半信仙。
接踵摩肩踏歌处，人流结队向孤山。

溪口四题

雪窦山

　　雪窦山，位于浙江省奉化市溪口镇西北，为四明山支脉的最高峰，纵横数十公里，海拔900米。整个山的主峰叫乳峰，乳峰下面有一个石洞，洞内喷出来的泉水，如乳如雪，所以称雪窦或乳窦，雪窦山的名称由此而来，有"四明第一山"之誉。风景区包括溪口镇、雪窦山、亭下湖三部分。

　　　　　梦游八极动心旌，御笔书成遐迩名[①]。
　　　　　青锁[②]门开拥苍翠，银蛇练落坠瑶琼[③]。
　　　　　归云谷内云霞散，飞雪亭前雪色清。
　　　　　登罢妙高台远望，一湖碧水映天晴。

【注】

①青锁亭为雪窦山景区山门。

②北宋景祐四年（1307年）宋仁宗赵祯梦游"八极之表"，醒后身为梦中山景所动，遂下诏各地画师"图天下山川以进"，结果浙东雪窦山胜景正合梦境。从此雪窦山声名煊赫。南宋淳祐五年（1245年）宋理宗赵昀秉示先帝旨意，御书"应梦名山"四字，颁赐雪窦资圣禅寺，次年寺僧刻书于石，并筑以"御碑亭"，供游人观瞻。

③雪窦山内有千丈岩瀑布，冬季水瘦，恰似银蛇坠落。

雪窦寺

雪窦寺坐落在风景秀丽的雪窦山腹地，建于晋代。千百年来，香客如云，高僧辈出，我国佛教界将它列为"天下禅宗十刹"，有着极高的地位。

雪窦寺居雪窦山，寺名曾是帝皇颁[①]。

经楼聚宝藏龙藏[②]，莲座开花立圣坛。

天下禅宗排十刹，佛门智慧透三关。

人间弥勒通天地[③]，千载重光冠宇寰。

【注】

①详见《雪窦山》。

②宋太宗曾遣使送来经书典籍、建了藏经阁；清代光绪皇帝又御赐玉印、玉佛、龙袍、袈裟、龙钵、经籍数百函，至今寺内尚存"钦赐龙藏"的经书5760本，还有玉佛、玉印、龙袍、龙钵等。这批文物一直保存至今，成为雪窦寺的镇山之宝。

③雪窦寺新奉的弥勒大佛，高33米，奉坐于九米高莲花座上，连同莲花座之下的天坛形圆丘，总高度相当于20层楼。据说整座大佛共用青铜500多吨，内部有支撑钢架计1000馀吨，与整个山岩连成一体，为全世界最大的弥勒佛。远远望去，我佛金光闪耀，宏伟壮观，气势非凡。

天台四题

国清寺

国清寺位于浙江省台州市天台县城关镇北4公里处，始建于隋开皇十八年（598年），初名天台寺，后取"寺若成，国即清"，改名为国清寺。是中国创立的第一个佛教宗派（天台宗）的发源地，也是日本天台宗祖庭。11世纪天台宗传入朝鲜半岛。浙江天台国清寺与济南灵岩寺、南京栖霞寺、当阳玉泉寺并称中国寺院四绝。为全国重点文物保护单位。

一到天台访国清，千年宝刹迩遐名。
隋梅①蔽日枝犹绿，古柏参天叶更青。
一塔②凌云穿碧落，三贤入祀③载芳名。
宗风远播传韩日，佛法无边耀祖庭。

【注】

① 国清寺有隋梅一株，在大雄宝殿右侧。梅树苍老遒劲，枝叶繁茂，冠盖丈馀，相传是智者大师弟子灌顶法师手植。它是中国现存最古老的梅树之一。

②隋塔位于国清寺外，系隋开皇十八年（598年），晋王杨广为报智者大师受菩萨戒而建造的报恩塔。唐会昌法难受损，南宋建炎二年（1128年）修葺。残高59.4米，边长4.6米，六面九级，为浙江最高的古塔之一，已列为省级文保单位。

③国清寺内建有纪念唐代著名诗僧寒山、拾得、丰干的"三贤堂"。

济公故居

济公（1130—1209），原名李修缘，南宋高僧，台山永宁村人。他破帽破扇破鞋垢衲衣，貌似疯颠，初在杭州灵隐寺出家，后住净慈寺，不受戒律拘束，嗜好酒肉，举止似痴若狂，是一位学问渊博、行善积德的得道高僧，被列为禅宗第五十祖，杨岐派第六祖。好打不平，息人之净，救人之命。他的扶危济困、除暴安良、彰善罚恶等种种美德，在人们的心目中留下了独特而美好的印象。济公故居位于浙江天台古城北门外永宁村石墙头，是济公"活佛"的出生地，浙江省历史文化名城景点。

有幸天台访佛仙，故居参谒把香拈。
颜慈何计衣履破，心善休看巾帽残。
世态炎凉扇搧去，尘寰邪恶脚踢翻。
每当路遇不平事，方晓人间少济颠。

石梁飞瀑

巨蟒横空跨石梁，两条溪水汇流忙。
银龙降落寒风起，绿树交迎画卷长。
雷雨连天神击鼓，云烟绕耳鬓生霜。
而今霞客知何去，观瀑亭边足迹藏①。

【注】

①徐霞客当年游此，曾有"停足仙筏桥，观石梁卧龙，飞瀑喷雪，几不欲归"之记载。今于徐霞客观瀑处建有观瀑亭。

琼台仙谷

一入玄门沐爽风，琼台如璧耸苍穹。
仙湖积翠飞银瀑，幽谷流青笼碧丛。
双阙雄奇相对峙，长廊精巧自悬空。
云烟缭绕迷佳境，天降灵溪入画中。

杭州西湖谒墓　十首

谒岳飞墓

抗金名将数鄂王，浩然正气傲穹苍。
尽忠报国山河远，取义抛头草木芳。
血饮黄龙驰铁马，功标青史写华章。
千秋冤案终昭雪，祠庙年年俎豆香。

谒于谦墓

早岁曾吟咏石灰，男儿壮志岂能摧。
清风明月廉如水，循吏诤臣声若雷。
西子湖边歌伟烈，三台山上仰崔巍。
千秋碧血今犹热，染绿满园松竹梅。

谒张苍水墓

矢志复明忙抗清，监军督阵震南京。
楼船夜雨瓜洲渡，铁马秋风江浦行。
最盼功成扶社稷，却悲师溃在铜陵。
杭州取义湖山泣，《苍水集》传千古名。

瞻仰秋瑾墓

按剑昂头若有思，鉴湖女侠展神姿。
西泠桥畔埋忠骨，风雨亭前诵挽诗。
芳冢十迁偿夙愿，英雄一死树丰碑。
乾坤力挽柔肩重，海静天宁信有时。

谒林和靖处士墓

一抔黄土筑坟庐，处士名传西子湖。
疏影横斜筛旧梦，暗香浮动涌明珠。
孤山脚下山魂在，放鹤亭前鹤赋书。
游子经过吟妙句，先生惊醒也高呼。

谒俞曲园墓

草漫佳城景肃然，孤坟石像隐山边。
高官巨冢碑犹壮，士子穷儒墓可怜。
主讲苏杭留雪爪，著书堂馆写鸿篇。
坟台冷落学台热，百卷文章百世传。

谒章太炎墓

革命宣传开纪元，序文写罢①树旗幡。
学人自效张苍水，受业师从俞曲园。
西走东奔因结会，南来北往为宣言。
当年厝椁吴门内，祠墓如今游客繁。

【注】

①章太炎曾为邹容《革命军》一书作序。

谒宋义士武松墓

武松墓畔又淹留，水浒英雄未远游。
骨葬西泠存浩气，心朝北宋藐王侯。
声名震碎景阳岗，仇恨踢飞狮子楼。
忽报神州多老虎，劝君猛打不回头。

谒武生泰斗盖叫天墓

武生亮相震山河，燕北江南舞剑戈。
学到老①时偏受害，生临吉日却遭磨。
英名盖世三叉口，杰作惊天十字坡。
活武松今何处觅，丁家山下泪如梭。

【注】

①盖叫天墓前门楼和牌坊有黄宾虹题写的"学到老"匾额和吴湖帆题写的"英名盖世三叉口，杰作惊天十字坡"对联。

访钱塘苏小小墓

孤山踏遍为寻芳，青冢如今已变黄。
笔记诗存双小小，墓亭联对一行行。
冰肌玉骨今何在？油壁香车魂渺茫。
可叹眉山苏子妹，游人半误在钱塘。

题赠姚中嵑先生《续爱林亭集》付梓

耄耊何愁双鬓侵，勤将著述录光阴。
乌苏有梦乡愁绿，完达多情鸿爪深。
结集只因思故友，筑亭原为爱森林。
续编付梓遥相和，缃缥一卷供我吟。

读《诗潮》赠主编刘川先生

辽东大地涌歌涛，宋韵唐音胜楚骚。
读罢华章增雅兴，寻来佳句解疲劳。
长江后浪推前浪，诗海新潮压旧潮。
一夜春风花似锦，吟旌高举卷狂飙。

原玉和岁寒公子毓《乙未年生日遣怀》二首

(一)

二月佳期花作媒，芳辰晓镜影低徊。

木棉红处诗添色，柳叶青时酒满杯。

鹏翼搏风天着锦，梅沙踏浪梦成堆。

冰城寄语遥相贺，青鸟殷勤不必催。

(二)

人生好似一函书，几日忘观便觉疏。

诗酒有情思昔日，功名无意记当初。

乡愁渐远成新客，故土别离忆旧居。

燕剪春风裁柳绿，东君祝寿几人如？

书贺侯国有先生《丹枫夕照》付梓

退食何忧华发侵，常朝诗苑觅知音。

登高方觉峰峦矮，老去尤知友谊深。

夜寐夙兴寻雅韵，春温秋肃喜清吟。

丹枫红透霜林里，夕照无边惜寸阴。

为城市打工者书

糊口养家离土田，打工奔走倍辛艰。
楼房林立安居少，街巷纵横稳定难。
白发高堂厌留守，髫龄稚子盼团圆。
春风惠政民忧解，城镇化开新地天。

母亲节感怀

每逢节到倍神伤，溅泪杜鹃空吐芳。
母爱无边针线密，乡愁不尽梦思长。
启蒙教我习文字，劝读盼儿成栋梁。
今日持花何处献？惟留一瓣做心香。

步丹阳原玉祝贺景峰六六华诞

眼望沧溟心向东，人生岁月百年中。
丹青融墨豪情洒，诗酒怡情杂念空。
万里长江翻雪浪，千秋唐韵载泥鸿。
横头上山登高处，鹤骨松姿沐晚风。

聆听内子同学微信聊天偶题

一别家山未觉遥，乡愁万缕梦难消。
电波有讯忙回话，微信聆听正热聊。
相册初看云鬓改，视频犹见子孙娇。
最期八月重相聚，话旧擎杯酒若潮。

读姜照远先生《人间真情文集》感怀 四首

（一）

卅年从政铸忠魂，鸿爪雪泥留迹痕。
椽笔生花垂黑水，华章增色耀京门。
韦编绝处犹开卷，师友交时则报恩。
盈卷通篇凝挚爱，真情无限共珍存。

（二）

读罢新书倍仰钦，珠玑字字重如金。
如烟往事阿婆泪，似水流光赤子心。
勤政方能思路广，感恩原为友情深。
官场冷热何须计？惟有文章壮古今。

（三）

埋头案牍任劳形，奉献从来不计名。

为使党刊增活力，尽将心血绘丹青。

撰文夜挑三更月，编稿晨披万点星。

归隐林泉犹著述，八旬健笔未曾停。

（四）

一身风骨性情真，崇位高阶犹讲仁。

交友虽然半官宦，助人依旧重平民。

芳邻五载成兄弟，同学卌年如齿唇。

夕照无边红似火，枫林唱晚叶犹新。

喜闻爱辉镇地名恢复为瑷珲　二首

（一）

忽报瑷珲名改归，电波声里泪花飞。

抗俄百载存真史，签约双条损国威。

痛使将军弃江左，忍看故垒挂番旗。

苍茫黑水犹留恨，当局终于明是非。

（二）

欲亡其史必亡名，龚氏箴言语最精。
万里兴安空有恨，一条黑水总无情。
远东故土旧称变，江左旗屯杂草生。
历史回归地名里，瑷珲遗恨总难平。

【注】

　龚自珍讲过："欲要亡其国,必先灭其史,欲灭其族,必先灭其文化。"

寄赠新加坡女侄闻莺

移驻南洋度岁阴，未遭异域习风侵。
一腔热血怀家国，万缕乡愁系客心。
墨苑龙飞藏晋骨，诗坛虎啸醉唐音。
雪泥鸿爪天涯远，惟有故园情最深。

赠女作家龙秀梅

文苑名成女作家，一枝健笔写云霞。
小龙腾雾常行雨①，芸阁画梅忙着花②。
金虎蜿蜒山路得③，飞天灿烂烛光拿④。
琴音依旧凝新韵，流水高山共日华。

【注】

①龙秀梅，女作家，笔名龙雨、和睦、小龙女。

②龙秀梅书斋名曰梅阁，著有诗集《梅阁琴韵》。

③龙秀梅创作的电视剧《蜿蜒山路》获东北"金虎奖"二等奖。

④龙秀梅创作的电视剧《燃烧的烛光》获1996～1997年度"五个一工程"奖及第十七届电视剧"飞天奖"。

读龙秀梅（龙雨）新著《万国诗存》

潜心梅阁铸诗魂，万国风情一卷存。

四海云烟奔眼底，五洲星月耀都门。

掬来山水追根脉，写就人文理屐痕。

世事沧桑波谲诡，最关心是地球村。

步养根斋韵贺《文化集安》创刊

文化昌兴惠集安，丸都山下创华刊。

夫馀故地犹存史，国内城头未下鞍。

好太王碑藏地气，高句丽墓接云端。

关东遗产传寰宇，鸭绿风光任尔观。

柳氏宗亲会于九江湖口君安大酒店召开

柳氏宗亲遍八方，千秋瓜瓞史绵长。

寻根问祖拜和圣^①，溯本追源到九江。

笔谏君王心直正^②，官迁桂海橘甘香^③。

耆卿^④亚子双峰并，文脉传承族业昌。

【注】

①柳氏始祖柳下惠因其道德情操、爱国精神及其以和为贵的思想，受到孔子和孟子所称赞。孟子曾说道："柳下惠，圣之和者也。"后人遂称柳下惠为和圣。

②唐穆宗尝问柳公权用笔之法，公权答云："用笔在心，心正则笔正。"穆宗为之动容，如其笔谏也。

③柳宗元被贬柳州时十分重视植树，亲手在城西北边种了两百株柑橘，还写了《柳州城西北隅种柑树》诗。后人为了纪念他在柳侯祠内建有柑香亭。

④柳永，字耆卿，福建崇安人，北宋著名词人。

冒雨谒柳氏先祖柳敷墓

柳敷墓位于江西省九江市湖口县文桥乡柳德昭村。2015年元月湖口县柳氏宗亲联谊会募捐投资数十万元重建。柳敷，字公涣，祖籍河南信州。宋神宗熙宁六年（1073年）生，元符三年（庚辰）进士，先入翰林院修撰，官至河南参军。后以上灵素疏未得到批复而南旋载舟归里，舟次钟山，访得陶渊明任彭泽县令时的县衙所在地即今文桥乡柳德昭村而定居。绍兴十三年（1143年）卒，享年71岁。柳敷妻为王安石之侄女，熙宁七年（1074年）生，乾道元年（1165年）乙酉卒，享年92岁。今天湖口及周边地区柳姓居民大多是柳敷后代。

感天动地雨濛濛，祭祖先行三鞠躬。
爆竹轰鸣松柏泣，兰香萦绕泪花融。
陶潜有幸结新伴，安石因缘作婿翁。
和圣子孙寻旧迹，敷公后裔喜相逢。

石钟山

孟夏登临胜迹观，步入高亭眼界宽。
水色分明翻白浪，涛声依旧震青峦。
江湖锁钥封吴楚，碑石偎山砌玉栏。
最是坡公留一记，华章千古壮坤乾。

观庐山三叠泉瀑布

叠翠层林接碧天，登高只为看流泉。
一条玉带风吹落，万丈银簾雾绕缠。
喷雪何曾忧雪化，坠珠惟独惜珠残。
观台远眺身心爽，美景常留方寸间。

庐山碧龙潭

匡庐奇胜欲详谙，汗湿衣襟滴翠岚。
梦入长廊穿绿谷，心随飞瀑落深潭。
清风吹醉千峰碧，银浪冲开一抹蓝。
最是夏都迎远客，纳凉避暑令人酣。

白鹿洞书院

松柏森森遮碧苍，山幽峰隐见高堂。
清泉洗砚犹濡墨，黉舍寻踪好献香。
文脉千年传禹甸，院规数则育群芳。
当年师友今何在？朱子依然讲学忙。

烟水亭

烟水苍茫衔远山，园亭跨岸座湖湾。
登台侧耳闻鼙鼓，举目观天望白鹇。
波浪深藏三国梦，帆樯犹漫一江关。
周郎豪气今何在？顾曲依稀人未还。

锁江楼

一塔镇城犹镇江，云天雾影锁苍茫。
千秋兴废皆存史，万里登临为赏光。
龙舰虎旗惟剩梦，春花秋月总留芳。
烟波浩渺连吴楚，把酒临风醉夕阳。

浔阳楼

为上匡庐过九江，导游带我访浔阳。
当年酒醉诗题反，今日兴高话说长。
白傅有情垂老泪，青莲涉险惹愁肠。
千秋烟雨随风逝，迁客骚人抒慨慷。

琵琶亭

滔滔江水起悲声，月色凄清照晚亭。

曲奏琵琶弹别恨，心凝甘露拭明睛。

青衫司马犹流泪，红粉长歌总有情。

枫叶荻花今又是，千秋诗笔唤卿卿。

景德镇官窑遗址博物馆

官窑盛誉载瓷都，记忆掀开考古图。

御器遗珍藏翠阁，城徽缩影缀龙珠①。

炉中烈火烧新彩，厂内陶魂铸玉壶。

碎片复原终有恨，青花点点叹奇殊。

【注】

①龙珠，即龙珠阁。位于景德镇珠山之巅（珠山旧址之上）。始建于唐，称聚珠亭。宋、明、清几经兴废，1925年重建，称龙珠阁。1987年再次重建，共6层，高34.5米，建筑面积1650平方米。其周围地底下是明清官窑遗址。龙珠阁现已成为景德镇的城徽。

景德镇访同姓名陶瓷工艺美术师柳成栋

有缘千里到名城，访友只因同姓名。

山左寻根支脉壮，江南问祖谱书清。

互联网上芳踪显，景德镇中杯酒擎。

艺苑今朝逢妙手，陶瓷画里醉丹青。

八一南昌起义纪念馆

八一凌晨共举枪，武装起义写华章。
洪都拂晓星光灿，赤县黎明斗志昂。
北战南征飞铁骑，西拼东杀铸铜墙。
长城万里山河固，独有貔貅护国疆。

八大山人纪念馆

寻幽觅古访名园，碧树清阴草木繁。
溶墨梅湖书旧恨，放歌云谱①敞明轩。
横涂竖抹闻哭笑，细绘粗描洒怨烦。
走进山人真迹里，花香扑面鸟声喧。

【注】

①云谱，即青云谱，位于南昌市梅湖景区八大山人纪念馆内，为八大山人故居。

滕王阁

崇阁凌空镇赣江，千秋兴废话沧桑。
飞檐歇顶凝佳构，碧瓦攒尖傲昊苍。
鹜影迷离云水淡，烟霞灿烂画图长。
名楼支撑凭文化，一序生辉万古扬。

绳金塔

　　绳金塔坐落在南昌市西湖区绳金塔街东侧，原古城进贤门外，始建于唐天祐年间（公元904～907年）。绳金塔葫芦铜顶金光透亮，通身朱栏青瓦，墨角净墙，古朴无华。绳金塔为江南典型的砖木结构楼阁式塔，高50.86米，塔身七层八面（明七暗八层），青砖砌筑，平面为内正外八边形。塔身每层均设有四面真门洞、四面假门洞，各层真假门洞上下相互错开，门洞的形式各层也不尽相同。相传建塔时，掘地得铁函一只，内有金绳四匝、古剑三把（分别刻有"驱风""镇火""降蛟"字样），还有舍利子三百粒，绳金塔因之而得名。

　　　　千年宝塔赖金绳，飘逸玲珑层复层。
　　　　青瓦朱栏光碧宇，飞檐翘角引云鹏。
　　　　长廊联镌论语刻[1]，洪府门修俗风兴[2]。
　　　　锐耳铃音心畔响，葫芦藏好总连藤[3]。

【注】

①绳金塔公园内大成殿旁建有儒家文化对联长廊。

②绳金塔公园内长廊内镌刻有《南昌七门风俗图》。

③古谣云："藤断葫芦剪，塔圮豫章残"。"藤"谐"滕"音，指滕王阁；"葫芦"，乃藏宝之物；"塔"，指绳金塔；"豫章"即南昌。这首古谣的意思是，如果滕王阁和绳金塔倒塌，豫章城中的人才与宝藏都将流失，城市亦将败落，不复繁荣昌盛。

祝贺南昌地铁开通 二首

（一）

襟跨三江带五湖，铁流滚滚贯洪都。
古城崛起名城壮，隧道开通轨道铺。
候鸟腾飞展双翼，花园构建绘新图。
长龙环绕连成网，电掣风驰向坦途。

（二）

秋水长天名远传，引来白鹭绕城旋。
赣江穿透游龙舞，梅岭凿通候鸟还。
夺秒争分兴大道，架桥铺轨耸双肩。
浪花涌处山峰起，百里洪州一线连。

【注】

候鸟为南昌地铁标志主形；浪花、山峰为辅助形。南昌地铁吉祥物为鹭鹭。

书贺杨趾范先生《抱阳斋雪鸿诗草》付梓

耄耋休言两鬓斑，流光碎影忆华年。
雪泥万点凝新韵，鸿爪千行汇巨篇。
志苑潜心修邑史，书山戴月读前贤。
抱阳斋里情如火，一卷诗文霞满天。

乙未端午冰城七家诗社联袂在香坊公园举行诗会

折艾持兰祭国殇，七家诗社聚平房。
龙舟万里齐争渡，粽叶千年竞散香。
泽畔行吟垂旧恨，江滨酹酒诵华章。
遗风流韵越荆楚，屈子精神世代扬。

祝贺哈尔滨诗词研究会成立二十周年

冰城结社气氤氲，叶茂枝繁二十春。
为学何忧霜鬓染，吟诗只觉夕阳新。
满腔热血融边塞，一曲欢歌动海津。
汉韵唐音风浩荡，铜琶铁板壮精神。

悼念齐乃忱主任

共事四年心坦诚，黄泉一去倍伤情。
感君能重燕园友，礼士未忘函授生。
续志谋篇垂黑水，互联建网起冰城。
龙江史乘出齐日，归隐依然有政声。

微信中观女侄柳巍美食佳肴图片有赠

妙手烹调饭菜香，每餐尽显美厨娘。
脍当求细何需谱，食不厌精诚有方。
苏子垂涎忙执箸，简斋伸手欲登堂。
佳肴至膳谁先品，颊齿留芳任尔尝。

偶然在故乡巴彦公交车上与阔别近四十载之表妹秀杰相逢

如烟往事不如烟，岁月无情两鬓斑。
忆旧心怀南下坎，思乡梦绕后山边。
流光虽使华颜老，逝水难将记忆湮。
车上相逢莫惊诧，只因人世有前缘。

颂天下抗日第一山

伟绩殊勋载马鞍，丰碑不朽入云端。
堂高百米雄魂驻，冢立千秋忠骨安。
八路戎装擎赤帜，英雄碧血染青峦。
无边浩气连苏鲁，抗日堪称第一山。

谢陆奇先生为拙集《长铗文丛续编》撰写评述文章

感君为我撰华章，拙著因之而生光。
十载相交心路近，一朝分别梦思长。
每成杂论先过目，偶赋新诗共把觞。
志苑情深深似海，幽燕好雨入松江。

祝贺同乡诗友张景峰《青石诗草》付梓

吟坛相识整三年，巴彦同乡信有缘。
诗酒一觥人共醉，丹青几笔梦同圆。
少陵春色生心底，驿马秋枫红岭巅。
雅韵淋漓幽草碧，斜阳无限展云笺。

肺炎病愈感赋

鬓衰未觉肺心残，炎症缘何又复还。
医院看医忙问诊，病房治病为安眠。
挂瓶点滴三庚日，卧榻休闲六月天。
病愈回家书漫卷，芸窗依旧写新篇。

肺炎病愈书赠阿荣娜大夫

和风细雨润心田，患病最需人悯怜。
玉指纤纤忙切脉，温情脉脉总嘘寒。
白衣出诊驱魔孽，红袖施方胜佛仙。
一片丹诚凝笑貌，杏林春满赖婵娟。

访阿荣娜大夫未遇

一自辞行见更难，我来医院尔休班。
诗词题字留书内，《琐笔》嵌名置案边。
医患有情同去病，尘寰无故不生缘。
有朝一日重逢后，但愿吾身无肺炎。

乙未六月十六日六八初度感而赋之 二首

（一）

荷叶摇风溽暑来，花逢既望应时开。
药停儿女忙斟酒，病愈亲朋共举杯。
耳听皮黄迷雅韵，心融翰墨少尘埃。
焚香斋沐犹思母，惟叹流光挽不回。

（二）

归隐林泉仍未闲，案头文债总如山。
《龙江通史》犹须补，《巴彦旅游》尚未完。
雅兴长随诗兴长，豪情却被病情瞒。
凝神静气忙挥笔，学海书山待我攀。

依马凯副总理原韵祝贺
中华诗词学会第四次代表大会召开

艺苑春回未觉迟，鲜花朵朵绽芳枝。
千秋韵海惊涛涌，万里吟风骏马驰。
家国情怀屈平赋，松梅品格放翁诗。
李杜归来同唱和，筑梦中华信有时。

赠胡迎建先生　二首

余莅南昌，胡迎建先生同海曙云霞（王海霞）女史一同陪余
参观游览八大山人纪念馆，并设酒宴相待。

（一）

南行千里访骚仙，正是洪都四月天。
满腹豪情融赣水，两行足迹印庐山。
梅湖同访青云谱，韵海长留翰墨缘。
诗酒盈杯人共醉，云霞一朵映心田。

（二）

参修邑史本同行，志苑诗坛各闪光。
赣水苍茫流韵远，洪都踌躇雅音长。
轻舟驶过观帆影，莹鉴吟完品玉浆。
最是相逢把酒后，诗书满载吐芬芳。

【注】

胡迎建先生著有《轻舟集》《帆影集》《莹鉴集》等多部诗词集
和诗学著作。

南昌与江西志友刘柏修先生相逢把盏有赠

相聚冰城忆昔年，如今两鬓已先斑。
武夷巧遇曾留影，赣水重逢信有缘，
志苑徜徉犹奋笔，诗坛踌躇好参禅。
洪都把酒人微醉，成阵红霞映晚天。

谢守春为余六八寿诞赠诗

从来未梦做精英，生在尘寰岂为名？
志苑卅年常涉史，吟坛五秩总关情。
一池浓墨随心写，几曲皮黄伴酒听。
最喜家藏书万卷，方塘半亩待耘耕。

乙未寿诞喜获玉良学友赠诗依韵回赠

亦文亦武亦豪英，四载同窗胜弟兄。
人去辽东盔甲亮，官升内蒙警徽明。
冰城把酒抒慷慨，苏镇开怀吐坦诚。
归隐都门思未断，乡愁万缕涌诗情。

【注】

刘玉良曾任内蒙古武警总队政委，少将军衔。

题贺梅庆吉先生《跟着孔子去旅行摄影展》开幕

高举儒旗觅圣踪，跟随夫子驾游龙。
胸怀论语通今古，行载仁心印雪鸿。
问底寻根迷惑解，访耆谒庙学思丰。
征程万里花开处，朝圣归来九域红。

楚家冲吟长莅临冰城雪语招饮于丁香小镇席间赋得"昔我往矣，杨柳依依"得"柳"字

有幸相逢立秋后，丁香雅集同擎酒。
松江涌浪化琼浆，韵海抓阄拈碧柳。
秦俗汉风万古传，唐音宋律千年守。
吟怀高敞总因缘，一咏一觞歌一首。

哈西客站同分别四十馀载之初中同学
张铭相遇

> 阔别苏城四十年，哈西巧遇是奇缘。
> 比邻教室曾三载，受业一中分两班。
> 修志吾来松水畔，教书尔去鲅鱼圈。
> 琴声唤醒儿时梦，手抚弓弦老泪弹。

【注】

张铭擅长音乐，尤擅奏二胡、京胡。每次出行，琴不离身；每当闲暇，琴不离手。因在车站受条件所限，遗憾其未能操琴，然犹觉琴音绕梁耳。

夜读清史

> 榆关跨进统夷华，满汉蒙回融一家。
> 扩土曾经兴赤县，丧权依旧弃龙沙。
> 是非功过埋沧海，成败兴亡逐浪花。
> 圣祖弓刀今不见，严疆万里噪乌鸦。

乙未秋赴沈阳期与兆林相见不遇归来偶书 二首

(一)

冰城翘首望辽东，四十七年一瞬中。

沈水成行君去远，松江归来我寻踪。

秋蛩鸣处家山迈，桂魄圆时枫叶红。

高铁飞奔心插翅，电波闪动便相逢。

(二)

人生苦短水流长，志壮何忧两鬓霜。

军旅曾经熔铁骨，文坛早已著华章。

枪声威震索伦谷，邑镇情温雪国光。

写就新书吴敬梓，林泉归隐亦辉煌。

九三抗战胜利纪念日吉林农安诗友田成明莅哈轻舟招饮命题

观罢阅兵思绪翻，轻舟招饮醉吟坛。

举杯未忘祭英烈，述史犹先颂抗联。

十四年存家国泪，三千里漫虎狼烟。

佳期有幸冰城聚，明日黄龙载酒还。

纪念中国人民抗日战争暨世界反法西斯战争胜利七十周年四首

（一）

胜利欢呼七十秋，阅兵观罢泪双流。
八年尽雪炎黄恨，二战痛消家国仇。
铁甲铮铮走龙虎，军车滚滚载貔貅。
中华崛起终有日，喜看赤旗飘九州。

（二）

九月京华沐爽秋，嘉宾元首共登楼。
广场开阔歌声亮，大道亨通铁马稠。
方阵整齐如一体，战车雄壮似洪流。
将军率队军威显，吼断云天神鬼愁。

（三）

万里神州同聚焦，人民必胜响声高。
白山黑水犹流泪，紫塞蓝关共涌潮。
铁马萧萧银燕舞，军刀闪闪战旗飘。
回眸民族危亡际，四亿同胞未折腰。

（四）

银鹰展翅显军威，日月同光共映晖。

龙虎腾空豪气涌，鲲鹏编队彩虹飞。

七〇大写蓝天远，双帜高悬碧宇低。

万里苍穹皆故土，白云抓起做戎衣。

赠田桂珍主任

志坛相识早铭心，数载重逢感慨深。

致仕今犹思故友，归田依旧恋芳林。

歌喉清脆音缭绕，黑水绵长酒酌斟。

最是前朝遗忘事，一诺催人泪满襟。

沉痛悼念李修宇先生 二首

（一）

去加未肯忘中华，噩耗传来泣海涯。

受业从师闻阔论，交游结友品香茶。

满腔厚爱存书史，一片丹诚献大家。

驾鹤归来云作纸，泪花溶墨染苍霞。

（二）

逝水流光送日华，先生命陨失津涯。
曾遭左谪蒙冤痛，终得右迁斟好茶。
东观守藏三十载，北疆敬业一方家。
忍看讣告泪如雨，湿透衣襟湿落霞。

悼念姜照远副主任

诀别缘何太突然，秋风无语泣黄泉。
芸窗昨夜新书写，志苑今晨噩耗传。
廿载相交心若水，半生著述笔如椽。
心香一瓣寄天国，思绪无边咒逝川。

友人东瀛归来通电话感怀 三首

（一）

莫道冰城寒意侵，一条微信动芳心。
松江东去人先逝，游子西归秋已深。
夜半电波传细语，梦中脑海乱蛩吟。
何时抽暇与君见，对影擎杯酒共斟。

(二)

相知廿载友情真，笑貌音容入梦频。

夜雨袭来身辗转，晚风吹过意逡巡。

桂花着露枝犹茂，柳色逢秋叶亦新。

诗酒一觥心共醉，泪珠未许洒衣巾。

(三)

忽报君从海外归，佳音传后泪花飞。

征尘逝处追残梦，秋色深时看落晖。

吟罢醉花①怜菊瘦，听完外传②笑环肥。

人生聚散何时了？今日重逢愿未违。

【注】

①醉花，李清照《醉花阴》词有"人比黄花瘦"词句。

②外传：梅兰芳演有京剧《太真外传》。

赠子菲兄

缘何浪迹走天涯？望罢朝晖望晚霞。

东去扶桑为圆梦，西归黑水早还家。

朱颜渐改心犹赤，壮志难酬路已斜。

珍视人生莫踌躇，冰城一样绽新花。

中秋感怀

秋江风起卷愁澜，万种情思聚一团。
雁去衡阳路迢递，人回北国影孤单。
黄花溅泪心犹冷，冰魄凝诗韵亦寒。
我欲擎杯对天啸，姮娥向我诉悲欢。

乙未中秋节前夕洪亮兄以五十年陈酿茅台招饮

中秋把盏品茅台，五十年华瓶始开。
邀月姮娥浮月影，吟诗太白敞诗怀。
金风送爽佳期到，玉露凝情喜讯来。
退隐林泉心愈净，一杯陈酿洗纤埃。

乙未中秋接到旅美友人短信有赠

重洋难阻是乡音，短信一条连客心。
明月圆时人出国，丹枫红处鸟归林。
生涯苦短波光逝，世事无常风雨侵。
欲借冰轮当玉盏，中秋之夜酒同斟。

喜闻金恩辉先生《打牲乌拉志典全书》重新校勘出版

打牲志典校勘勤，完璧重刊立硕勋。
卅载呕心犹沥血，一生考史亦编文。
关东土俗融篇帙，永吉风情笼塞云。
最是乌拉街复建，邑人谁不谢恩君。

鞍山拜见邵长兴先生

千里驱车已忘寒，只因访友到鞍山。
金风入室心尤喜，美酒开怀话未完。
耄耋犹看神矍铄，踌躇惟觉步蹒跚。
志坛往事经多少？卅载长留一寸丹。

获赠王光迅先生为亡友邵生杰编辑出版的诗集《灿烂的岁月》有感

松江东去望归途，驼岭相连未觉孤。
修志有缘成史志，拾珠无意得珍珠。
助人为乐花增色，救急扶危炭入炉。
最是吟坛称赞处，竟帮亡友出诗书。

乙未暮秋陪同孙秀仁先生赴故乡巴彦参加黑龙江北方民俗博物馆开馆仪式有赠三首

(一)

九月金秋菊正香，苏城相聚喜重阳。

上京听课思东观，文物登刊始北方。

三十八春光一瞬，五千年史泪双行。

师恩堪忆犹堪谢，莫笑愚生两鬓霜。

(二)

先生未老气轩昂，不尽豪情涌大江。

耄耋犹看神矍铄，踌躇未觉路悠长。

龙江考古留佳作，民族溯源成锦章。

有幸今朝重会面，秋光依旧胜春光。

(三)

重阳夜语吐丹心，考古人生感悟深。

问学当年茅塞启，回乡今日玉醅斟。

拙文俚句凭君鉴，流水高山供我吟。

往事回眸浑似梦，登临依旧醉芳林。

黑龙江北方民俗博物馆在巴彦县红星村永发屯开馆

古城巴彦绽奇葩，重九馆开迎日华。

升斗摇篮存旧梦，衣冠土布印山花。

观风当重辎轩使，编史难离民俗家。

旧物件中回首处，犹留泥爪话桑麻。

咏　怀

回首征尘逐逝波，如烟往事半蹉跎。

六旬惟叹读书少，半世犹知应学多。

万卷珍藏难读馨，一池浓墨待研磨。

闻鸡起舞争分秒，史志编完好诵歌。

《齐齐哈尔市碾子山区志》付梓感怀

龙城西北望蛇山，洞底幽深仙气寒。

十载焚膏犹继晷，一朝成志即登坛。

读诗谁晓袁金铠[①]，忆旧长思魏毓兰[②]。

雅鲁河边百年史，波涛滚滚入华安[③]。

【注】

①袁金铠（1870-1947），字洁珊，晚号甲庐。奉天辽阳人。民国时曾任东北政务委员会委员兼东北边防军司令长官公署参议、国民政府

监察委员。东北沦陷时期曾任伪满洲国奉天省省长，伪满奉天省政府最高顾问，伪满参议府参议。曾写有《过碾子山驿》五律一首，载《黑龙江志稿·艺文志》。

②魏毓兰（1876-1949）字馨若，一字馨钥，号琴猗，又号木叶山人。近代东北著名报人、方志家、诗人，黄县上庄乡人。民国时曾任《黑龙江报》主笔，著有《龙城旧闻》《黑水诗存》等。《龙城旧闻》中有蛇洞山的记载。

③华安，即华安机械厂，现在为黑龙江华安机械有限责任公司，碾子山区因华安而兴。

赠李成武先生

琴岛冰城把手牵，只因乡友结诗缘。
海滨一去三千里，塞北归来五十年。
故土情怀融黑水，书生意气傲蓝天。
兴隆聚首风云会，同学金秋好梦圆。

《运城市志》评审会感怀

雪阻京华误会期，长空望断鸟忧飞。
风云难测先行好，世事无常后悔迟。
盛会幕开惟少我，名城人聚必多师。
刍荛一纸倾心述，佳志成书信有时。

运城赠长治马书岐先生

庚申修志起同年，相识运城因有缘。
花甲犹闻骐骥吼，卅年何畏鬓须斑。
心灵手巧发明在，笔健文丰小说传。
何日重逢同把酒，与君共享好诗篇。

运城乘飞机返回哈尔滨感怀

羁旅运城，返哈日雾霾顿消，但却闻冰城大雪纷飞，一路忧心忡忡。到哈后，飞机安全降落，喜而赋之。

羁旅盐湖[①]心倍焦，忽然日出雾霾消。
无忧银燕长空起，却虑冰城大雪飘。
灯火凝眸家舍近，云天回首屐痕遥。
飞机着地安全降，妻女接迎把手招。

【注】
①盐湖区为运城市中心。

解州关帝庙

解州有幸拜关公，帝庙巍峨气势宏。
殿左青龙刀尚绿，堂中赤胆面犹红。
千秋信义谁堪比，一世忠诚自可风。
文化传承连九域，五洲处处颂英雄。

和双山《回母校麟园有忆》

　　拜读双山《回母校麟园有忆》，颇有同感。双山受业双城兆麟中学，余1955年入巴彦兆麟小学读书，至今整整五十载矣。学虽未成大才，但母校哺育之恩终生难忘。回眸往事，感慨系之，步原韵以和。

故园求学绽兰英，五十年来犹奋争。
古庙梦中存旧迹，铁钟心内响金声。
蔽阴老树已无影，致仕衰翁仍作兵。
立雪无门师早去，愚生难以著鸿经。

祝贺《黑龙江日报》创刊七十周年

黑水龙腾跨巨轮，天鹅展翅气氤氲。
笔尖跳动松江浪，版面掀开兴凯春。
号角高吹兴社稷，新闻频发系黎民。
墨香滚滚连天涌，北国风情漫绿茵。

悼念邹本仁先生

年过鲐背近期颐，福寿双全举世稀。
受业国高出精舍，育人黉宇为名师。
宝泉左谪心犹冷，赤县春归志未移。
一脉书香垂后世，两行冰涕洒缞衣。

题梅子卿卿自拍玉照

打起背包作短游，登山玩水享清幽。
红裙丝袜修长腿，秀发玉珠明亮眸。
拍照寻诗抬望眼，拈花惹草不回头。
忽然上树登高去，欲借天梯攀斗牛。

崖城学宫

天涯圣殿喜重生，孔子精神壮古城。
泮水池中犹蓄水，棂星门上可瞻星。
香烟袅袅弥今古，圣迹魏巍载大成。
历代先贤名宦立，儒风遒劲海风轻。

参观三亚第十五届兰花展

斗艳争奇兰苑新，千姿百态惹游人，
幽香弥漫浸心脾，倩影轻柔掩卉茵。
蝴蝶纷飞迷乱眼，花团锦簇醉芳邻。
长廊深谷多吟咏，九畹高情最有神。

大小洞天

大洞天连小洞天，琼崖名胜近千年。
道家文化发祥地，海岛风光长寿湾。
不老松前根抱树，休闲区内梦成仙。
南溟奇甸名遐迩，满载椰风上客船。

天涯海角

崖城一去到天涯，黑水乡亲半为家。
细浪逐波撩裤脚，微风送爽踏柔沙。
聚焦石柱人流涌，放眼椰林日影斜。
情侣双双牵手臂，山盟海誓拍婚纱。

南山寺

暖风吹拂涌波涛，奔向南山客涌潮。
兜率宫前香火旺，金堂室内磬声高。
观音海上莲花灿，佛祖心中法雨浇。
甘露无声滋万物，慈航普度路迢迢。

蜈支洲岛

浮槎客到蜈支岛，岛上风光一望收。
蝴蝶飘洋生蝶梦，金龟探海露龟头。
情人岛上听涛语，妈祖庙前观鹭鸥。
漫步沙滩犹戏浪，仲冬三亚似春秋。

儋州石花水洞 二首

（一）

仲冬入洞暖融融，九曲八弯幽径通。
峭壁悬崖犹滴水，电光灯影若观虹。
石花烂漫迷双眼，岩体峥嵘坠半空。
一上游船向天外，桃花源里又相逢。

（二）

水洞游完见洞天，兰舟送我入桃源。
一池湖水流心底，几朵白云绕鬓边。
船影轻移山影动，花阴浓醉树阴酣。
回眸一望惊尤喜，明月已升山洞间。

三亚赠德璞兄兼祝德璞七三华诞 四首

乙未仲冬，余初莅三亚，德璞兄远接近送，玉榻华筵相待。冬月十五临歧夜，明月高照，欣逢仁兄七三华诞，以兄酒为兄寿，感而赋之，连同前作一并录之，以作纪念。

（一）

乡情深厚比亲亲，数载相交过往频。
松水春归君念我，崖城冬至我成宾。
八千里鉴冰和火，五十年知诚与真。
琼岛临歧一樽酒，泥鸿润湿洗征尘。

（二）

旅游访友向南天，三亚相逢信有缘。
海韵无边翻热浪，椰风化雨绽春妍。
时交圣诞逢华诞，酒醉新年恋旧年。
一片冰心慰知己，天涯海角素衣牵。

（三）

人生何处不相逢？三亚相逢在仲冬。
友谊无边成记忆，天涯有角印芳踪。
冰轮作盏同斟酒，海韵凝诗好驾风。
临别之期为君寿，椰风吹透友情浓。

（四）

仲冬三亚暖风轻，老友驱车远送迎。
宾馆清晨餐共享，花园晓日步同行。
良宵送客犹观月，华舍陈筵痛杀生。
如海深情如石固，崖城恰似在冰城。

海口叠韵赠包德珍大姐 四首

乙未仲冬，于海口同中华诗词论坛坛主包德珍大姐相见。大姐于东北老乡饭店置酒相迎，并邀客居海口的冰城诗友王福生、郭子峰一同把盏。翌日大姐母女驾车陪余同游海口石山火山群地质公园。游览后为余饯行，并送余至海口美兰国际机场，感而叠韵赋诗四首，以表谢意。

（一）

银鹰降落到琼州，海口重逢因旅游。
万顷波涛同踏浪，一觞诗酒共登楼。
天涯近处家山远，故国离时乡梦稠。
黑水南行遇佳客，椰风雪韵各千秋。

（二）

天涯处处是神州，故友相逢赖远游。
云水苍茫思黑土，诗书浩瀚说红楼。
乡愁万缕炊烟渺，雪爪千行思绪稠。
尽敞吟怀朝大海，惟忧两鬓已霜秋。

（三）

海角天涯属九州，难忘最是海南游。

吟风万缕吹苍昊，诗酒千樽醉雅楼。

世事无情情最贵，人生有梦梦犹稠。

冰城诗客欣相聚，且把严冬当夏秋。

（四）

仲冬时节访边州，海韵椰风惹我游。

地质万年留胜景，火山亿载矗云楼。

悬崖挂绿峰峦翠，曲径通幽草木稠。

天下奇观神鬼造，制高点上数春秋。

三亚与史洪亮吟长同游白鹭公园后把盏有赠

有缘万里会天涯，白鹭园中犹见花。

椰影婆娑云影淡，蕉风骀荡暖风斜。

行人半是龙江客，流寓多安三亚家。

老友重逢同把酒，隆冬一样沐芳华。

雨中谒海瑞墓　二首

（一）

细雨濛濛拜瑞公，世间最重海刚峰。
抬棺敢向皇帝谏，奏折尽凝家国忠。
历史剧曾遭厄运，万言书已入寒宫。
苍天有眼今流泪，湿透衣襟犹鞠躬。

（二）

椰城冒雨谒灵坛，时值隆冬未觉寒。
报国尽忠存浩气，为民请命撞金銮。
世间惟憾包公少，百姓最需海瑞还。
老虎苍蝇全打尽，方知廨宇有清官。

五公祠

遭难蒙冤谪五公，天涯海角载泥鸿。
辟荒兴教儒风起，保国为民正气通。
九域投军倾碧血，千秋建业显孤忠。
琼州有幸留遗迹，英烈精神万古雄。

秀英炮台

炮台五座镇琼州，百载雄风仍未收。
忆昔常思驱法虏，回眸未忘抗倭酋。
营房弹库今犹在，暗室明台依旧留。
今日功能虽已减，勋名青史自千秋。

海南归来感赋

琼州游罢气犹豪，逸兴飞扬雅兴高。
椰韵凝诗增绮韵，波涛入画喜惊涛。
海天逐日观沧海，蕉扇摇风醒梦蕉。
竹杖芒鞋吟啸处，泥鸿重踏在明朝。

【注】

梦蕉，比喻人生变化莫测的梦境。

以上作于2015年

长白山历史文化园区

崇坊高阁立边陬，长白文明汇一楼。
肃慎刀耕留石斧，女真炊饮剩铜鍪。
水存灵气天池里，山蕴诗情江岭头。
风物通观惟《志略》，园区走进看春秋。

【注】

刘建封踏查长白山后著有《长白山江岗志略》。

读刘建封著《长白山江岗志略》

每读志书如上山，深知昔日命名艰。
身衣袯襫防风雨，脚踏冈岩闯险关。
绝顶登临迎晓日，群峰踏遍战尘寰。
从兹长白文明启，钓叟名垂江岭间。

【注】

刘建封别号长白钓叟。

纪念刘建峰为长白山诸峰命名一百零七周年

栉风沐雨溯江源，探险何忧马坠翻。
长白诸峰印泥爪，天池绝顶展旗幡。
命名辩石一腔血，修志编书十万言。
勘界调查忙设治，丹心捧出慰轩辕。

乙未冬至前三日登长白山暖意融融恰逢刘建封诞辰一百五十周年生日

冬至缘何暖意融，崖前积雪润冰丛。
温泉水草犹含绿，游客披肩竟戴红。
栈道严霜浸泥爪，河源朔气化春风。
只因钓叟逢华诞，十六峰齐祝寿翁。

与呼伦友人分别十五载后微信联通喜赋

神有灵犀一点通，寒冬千里送春风，
廿年相识原非梦，异日重逢已变空。
白雪无情终渐暖，丹心未老却成翁。
一朝微信芳名现，记忆犹存梦魄中。

五弟夭亡三周年祭

腊月又逢冰雪天，严冬诀别已三年。
蜗居荒岭心安否？遥望故园泪未干。
手足分离团聚少，椿萱逝去孝忠难。
缘何五弟先吾走，驿马山边独自眠。

寄呼伦友人

且把幽情寄雪花，兴安北望若天涯。
呼伦碧水犹怜我，贝尔清波半属他。
犹有丹心存邑史，尚馀浩气壮中华。
一条微信飞来后，双鬓生辉映晚霞。

黑龙江省抚远县撤县建市感怀

雄居东极立边陬，伯力凝眸一望收。

熊岛回归丢半壁，金瓯失却总馀愁。

因开放使县升市，得跨高将人上楼。

铁路航空齐挺进，陶朱十万作排头。

【注】

①抚远县，地处黑龙江、乌苏里江交汇的三角地带。东、北两面与俄罗斯隔黑龙江、乌苏里江相望。抚远镇距俄罗斯远东第一大城市——哈巴罗夫斯克（伯力）航道距离仅65公里。熊岛，即黑瞎子岛，又称熊瞎子岛、抚远三角洲，是位于黑龙江和乌苏里江交汇处的一个岛系，历史上是中国的固有领土。1929年"中东路事件"被被苏联强占。它的面积约327平方公里，2008年回归一半。

②抚远县户籍人口9万，常住人口12.6万。

和养根斋先生《丙申迎春》

又是一年飞雪时，喷香腊酒报春知。

白山征和拈新韵，黑水联吟赋好诗。

桂魄流光融蝶魄，天池掬水洗心池。

地支轮遍金猴舞，网络交流自有师。

赠　友

人生难得几知音，迟至何忧华发侵。

万卷诗书存剑胆，一腔热血润琴心。

京歌悦耳与君赏，雅韵传情供我吟。

何日重逢同把酒，东坡作伴醉芳林。

乙未冬鸭舌帽丢于赴三亚飞机上求桑榆兄自京华代购一顶快递传来喜赋

一去崖城即远游，儒冠不慎落机楼。

头中无冕难驱冷，囊内有钱不解忧。

昨日京华发微信，今朝松水得兜鍪。

遮颜旧帽何须恋，砚友深情化暖流。

沉痛悼念著名出版家、学者傅璇琮先生　三首

（一）

忽报先生驾鹤归，燕京大雪掩芳菲。

寒风透骨清音冷，冰涕沾襟雅韵悲。

文苑名家虽去远，书林巨擘总馀威。

等身著作谁堪比，手捧遗编望落晖。

（二）

仰望弥高探更深，五车学富载书林。
唐诗读透寻风骨，宋韵编完结匠心。
亦史亦文凝碧血，可歌可诵绕馀音。
丰碑一座耸华夏，椽笔纵横壮古今。

（三）

大师驾鹤浙东行，啸月吟风返四明。
通史一编山接水，诗书万卷论兼评。
续修四库雕梨枣，重塑三唐考死生。
魂系中华情未了，祭文读罢泪纵横。

【注】

①四明，宁波市别称。傅璇琮先生为浙江宁波人。

②傅璇琮主编有《全宋诗》《续修四库全书》《宁波通史》等文化典籍和诗词学工具书。

赠黑河地方史学者刘成　二首

（一）

几回夜半梦边城，每忆瑷珲常动情。
黑水苍茫犹洒泪，江东依旧未忘名。
龙沙万里思边瑾①，热血一腔怀福升②。
三百年来豪气在，黑河今日有精英。

【注】

　　①边瑾（1885—1936）河北任丘人。1915年任库玛尔路鄂伦春第一小学校校长、瑷珲高等小学校校长，在江省近十年，为发展黑龙江教育事业特别是鄂伦春族教育事业作出了贡献。边瑾又为著名诗人，著有《龙沙吟》诗集，其中最著名的《龙沙吟》七绝四首豪放苍凉，雄浑沉郁，洋溢强烈的爱国主义思想，尤其第一首："龙沙万里戍楼空，斑点离离塞草红。六十四屯遗迹在，何人光复大江东。"脍炙人口，广为传颂。《龙沙吟》诗集稿本已被刘城发现，并整理完，即将付梓。

　　②姚福升(1848—1929)，字申五，汉军正黄旗人，世居吉林。先为汉文教习，后入吉林水师营担任武职。清光绪三十三年，奉旨署理黑龙江（瑷珲）副都统，收复了江右被俄罗斯占领六七年的国土，重建瑷珲城。1909年，姚福升在任瑷珲兵备道道员期间，修建了小学堂、倡议儿童引种牛痘，后定居瑷珲，1929年逃难时病逝哈尔滨。

（二）

黑河窗口望时空，逝水流云一瞬中。

回首何曾忘岭北，迁城偏却舍江东。

边陲风物千秋史，地域人文卅载功。

最喜吾侪有同好，魁星楼上盼相逢。

有感山东平邑石膏矿坍塌事故三十六天四名矿工获救生还

石膏矿塌震心旌，三十六天奇迹生。

大爱无疆开绝路，真情不尽起回程。

救援汗水融霜雪，抢险精神筑石城。

坚定恒心传捷报，新闻听罢泪纵横。

祝贺金源风微信群开通

金源风起上京城，微信圈连黑水惊。
司马加鞭驰骏马，孤灯耀眼亮明灯。
松峰山上云霞灿，按出虎头烟雨横。
邀得谪仙拼一醉，吟旌展处踏歌行。

【注】

司马，孙亦东网名司马小生。孤灯，王林泉网名为秋雨孤灯。

祝贺"三亚涛声满文斗书法展"在三亚举行

三亚行吟笔未停。龙蛇竞舞卷雷霆。
椰风携韵花飞雨，海浪冲池墨溅星。
北国新正犹落雪，琼州腊月却流青。
书香滚滚连天涌，化作涛声供我听。

丙申迎春曲　十首

（一）

金猴献瑞喜迎春，万里河山气象新。
一展宏图圆国梦，大开骏业赖斯民。
持恒致富终能富，精准脱贫方去贫。
守住青山和绿水，城乡处处洒金银。

（二）

一壶老酒惹乡愁，爆竹声中双泪流。
犬吠村郊迎远客，鸡鸣院落吼春牛。
围炉紧握双亲手，叙旧争盘热炕头。
斟满田园山水色，欢声一串入金瓯。

（三）

微信群中红雨浇，手机顷刻涌狂潮。
亲情紧裹闲情系，逸兴频传雅兴高。
春色迎来洪福到，钱包开启吉祥招。
青蚨滚滚连天地，紫气徐徐漫碧霄。

（四）

倡廉反腐剑高悬，打虎拍蝇心更坚。
昨日高官刚落马，今朝酷吏又丢冠。
猎狐通缉传严令，天网追逃出重拳。
成败兴衰千载计，从严理政狠惩贪。

（五）

香飘艺苑绽芳丛，春雨润心春意浓。
精品工程增异彩，名优作品映霓虹。
英雄气概英雄胆，中国精神中国风。
网络互联无限广，高原走向更高峰。

（六）

一路绵延一带长，海天映日路生光。

已将高铁输他国，又使巨轮奔大洋。

经济下行虽有压，金融调整正加强。

人民币已投篮去，贡献全球气宇昂。

（七）

胜利阅兵血铸魂，虎贲一吼震乾坤。

战车浩荡戎装整，步履铿锵泰岳吞。

重组绿营凝四铁，高擎赤帜壮三军。

守疆护海巡苍昊，共保家园与国门。

【注】

2016年1月11日中共中央总书记、中央军委主席习近平在接见调整组建后的军委机关各部门负责同志时强调部队要有铁一般信仰、铁一般信念、铁一般纪律、铁一般担当。

（八）

中华文化五千秋，古迹繁多胜迹稠。

遗产辉光彰赤县，城池名载壮边陬。

羁縻承袭犹遵命，抚慰升迁土改流。

鄂贵湘携手申报，土司登榜入云楼。

【注】

2015年7月4日，在德国波恩举行的第39届联合国教科文组织世界遗产委员会会议（世界遗产大会）上，包括湖北恩施唐崖土司城遗址、湖南永顺老司城遗址和贵州播州海龙屯遗址在内的"中国土司遗产"项目申遗成功。这是我国拥有的第48处世界遗产。

（九）

杏林千载说岐黄，博大精深优势藏。

因有神农尝百草，便由女史验奇方。

科研皕次魂消瘦，奋战卅年鬓染霜。

抗虐青蒿素成后，捧回诺奖泪花扬。

【注】

2015年10月5日中国女科学家屠呦呦因研发青蒿素成功，荣获2015年诺贝尔生理学或医学奖。屠呦呦团队研发青蒿素，经历190次方获成功。自1971年至2015年荣获诺贝尔生理学或医学奖已经整整44载。

书赠东北抗日联军史专家赵俊清先生

白山黑水涌波涛，卅载耕耘尽苦劳。

情系联军修战史，心怀家国颂英豪。

寒江夜雪山河泪，铁马秋风壮士刀。

七十年来歌胜利，四篇大传载风骚①。

【注】

①赵俊清著有《赵尚志传》《杨靖宇传》《李兆麟传》《周保中传》四部东北抗日联军将军传。

赠赴晋列车上萍水相逢微友邱华（小蘑菇）女史

萍水相逢赴晋时，列车行驶遇相知。
只因路短临歧早，却叹途遥赴会迟。
北往南来皆过客，东奔西走少归期。
从今若许逢君面，再向蘑菇赋小诗。

丁香微群闻毗陵泊客吟诵有赠

丁香诗社早闻名，千里静听吟诵声。
越语吴音传塞北，唐风宋韵动心旌。
上元嘉礼诗千首，正月新春酒一觥。
莫道冰城花未放，雪花伴我舞龙灯。

送　灯

每逢佳节忆苏城，溅起乡愁别梦萦。
夜雪犹凝游子泪，春醅总浸故园情。
元宵煮沸银团灿，火树烧红玉魄明。
遥望家山归路远，心灯一盏寄坟茔。

步养根斋先生韵祝贺《刘大同诗集》出版

循吏诗家谁与同，清吟付梓冀期中。
开篇犹见白山雪，抚简尽吹辛亥风。
江岗踏勘成志略，共和奔走铸奇雄。
铮铮铁骨凝清韵，热血盈腔总为公。

咏海东青

搏击长空若大鹏，扶摇而上气纵横。
金睛似火观毫末，喙爪如钩得盛名。
勇捕天鹅行捺钵，独尊神俊作图腾。
女真铁骑今何在？鹰路犹存五国城。

祝贺梅子卿卿芳辰

南国花朝柳色新，东君为伴庆芳辰。
蛰龙醒后犹昂首，细雨浇来好洗尘。
仁水智山增雅兴，鸿词丽句养精神。
贺诗赋罢鹏城寄，化作春醅情益真。

丁香微群听阅红居士侃诗

春分塞北难看绿，微信群中正阅红。
讲座倾听常洗耳，谈诗成诵亦吟风。
昨宵泊客清吟醉，今日王公雅韵浓。
笑看芳丛花烂漫，丁香万朵绽新容。

清明祭祖

一年一度又清明，百里乡愁驱我行。
雪岭吐青犹滴泪，寒枝待绿总含情。
绵绵瓜瓞山东始，浩浩移民黑水兴。
列祖列宗昭穆在，羁魂依旧绕佳城。

阅张英聘女史所发微信感怀有赠

微信载文传递忙，感君不断荐华章。
读书偏爱明清史，治学犹沾志乘光。
考献岂能轻口述，征文必定重缣缃。
书楼不朽庋藏重，方寸常闻翰墨香。

衣殿臣先生来访有赠

忽闻老友临寒舍，倒履相迎犹觉迟。
落座开言先说史，倾怀叙旧便谈诗。
芸窗书乱君休笑，文案债多吾自知。
学海无涯笔当桨，春光作纸好填词。

看新编历史京剧《焚绵山》

每逢寒食泪潸潸，故事千秋一曲还。
重耳离朝忧国困，子推割肉解时艰。
功成犹拒将官讨，位就难忘把奖颁。
大火焚完柳尤绿，无边思绪向绵山。

沉痛悼念黑龙江省科技经济顾问委员会主任陈永昌先生

噩耗传来倍觉悲，春寒料峭泪花飞。
为君泼墨同留影，与尔评文共为师。
挥笔犹书开拓策，登台常听创新词。
先生驾鹤西归后，经济运行知问谁？

二弟成樑六七华诞志贺

上巳松江草乍青，东风一夜到苏厅。
阳春入户芳辰喜，美酒盈杯热血腾。
耽墨习书壮筋骨，读红阅史享华龄。
新诗吟罢遥相贺，伯仲争当老寿星。

【注】

同治元年（1862年）设呼兰厅于巴彦苏苏，故巴彦曾有苏厅、苏郡之称。

书赠黑河市爱辉区档案馆盖玉玲女史 二首

（一）

从来未觉瑷珲疏，最忆康熙设治初。
有幸群贤耽旧史，欣看才女著新书。
馆藏翻遍韦编绝，人物撰成宏志纾。
北塞犹存东观志，班昭在世又何如？

（二）

剑胆琴心女校书，心中档案座中图。
一腔热血融边史，廿载韶光闪玉珠。
自古北疆多武将，从来东观有英儒。
柔肩敢挑瑷珲月，素手犹书大丈夫。

沉痛悼念京剧表演艺术家梅葆玖先生

琼葩谢落洒寒香，菊苑悲歌泣冷芳。
离世太真犹醉酒，归舟西子为思乡。
丰神宛在黄泉远，俪曲萦回红袖长。
梅派传承功卓著，流风馀韵赖谁扬？

梅葆玖先生追悼会弟子跪拜灵前

先生一别赴泉台，弟子人人忍痛哀。
梅韵犹随畹华在，菊坛惟盼洛神回。
哭声坠落梨花雨，德范涤清心地埃。
梦里氍毹天女降，芳菲遍地竞相开。

兴安春晓

暮春时节望群峰，大小兴安回暖中。
峦色朦胧看白桦，林阴隐约见青松。
云烟飘渺霞如锦，溪谷奔流水若龙。
谁遣公麟挥巨笔，满山一夜杜鹃红。

听刘城朗诵郦道元《三峡》

美文诵读兴尤增，三峡风光心底升。
雪浪朝飞连白帝，轻舟暮泊入江陵。
一声猿啸惊心魄，千载诗歌逐大鹏。
云水神奇峰峻险，如珠妙语滚雷霆。

祝贺哈尔滨京剧票友团参加全国第三届京剧票友艺术节凯旋归来兼赠李小菊

冰城票友赴山东，半月氍毹一唱红。
十笏园中显丰采，江宁馆里印泥鸿。
蓬莱仙境听仙曲，青岛菊坛观菊容。
携手归来花正好，丁香绽笑醉芳丛。

悼念吉林诗友安忠凯先生

噩耗传来寒意侵，冰城吟友泪沾襟。
关东未忘歌同放，长白犹思酒共斟。
热血一腔凝剑胆，豪情满腹映琴心。
笑容虽已存诗苑，鸿爪雪泥无处寻。

高楞行 七首

　　丙申孟夏，余因受聘《方正国有重点林区(方正林业局)志》顾问，应邀赴高楞为修志培训班授课，得以旧地重游。转眼四十四载过去，目睹林区，沧桑巨变，感慨万千，成诗六首并附旧作一首以记之。

高楞印象

道路宽平胜县城，林阴浓密惠风轻。

晨曦入户闻啼鸟，夜幕临空映彩灯。

楼起街衢连碧宇，花开桃李育新生。

青山移进鬓犹绿，一片欢歌起笑声。

高楞码头旧址驻步

东去松花江水平，码头衰落乱石横。

卅年回首浑似梦，百里登程总有情。

风起犹闻抬木号，波翻似涌放排声。

莫忧停采人踪渺，信是封山草木荣。

高楞新村接待中心

草青树绿映新村，巨石迎宾立院门。

错落松房成别墅，横斜小路沐朝暾。

窗明几净心无垢，堂阔床宽梦有痕。

木屋流芳人欲醉，喜看嘉苑涌林魂。

红旗林场

濛濛细雨湿衣襟，未见红旗见绿阴。
泉水叮咚溪水浅，木楼精巧阁楼深。
登高惟觉群峰矮，攀顶尤知脚步沉。
何日鸳鸯峰踏遍？新诗吟罢鸟归林。

宝马庄林场观冷水鱼养殖

四月山行雾气浑，林阴深处有渔村。
谁云停伐人无计，道是谋生山有魂。
引进金银池水冷，种栽参耳廪仓温。
未尝美味心犹美，致富脱贫总有门。

【注】

金银，指金鳟鱼、银鳟鱼。

赠张德宽主任

应邀受聘忘劬劳，顾问荣膺亦自豪。
只为林区修史志，自挥拙笔写风骚。
新楼叠翠山川绿，旧地凝芳草木娇。
往事如烟东逝水，江波深处涌狂涛。

赠王维静

与君相识廿馀春，柱下结缘来往频。
情系依兰留雪爪，人归高楞献心身。
亦文亦史旧闻远，为志为书翰墨亲。
博学方能成著述，一觥诗酒长精神。

【注】

王维静著有文史随笔《依兰旧闻录》。

戴丽娜诗友返乡冰城短驻衣殿臣先生于锦江饭店招饮有赠 三首

（一）

冰城五月方停马，端午刚过迎仲夏。
秀色可餐宴锦江，豪情尽涌弥华厦。
汉风骤起赋文兴，唐韵重生春雨洒。
把盏高歌歌满怀，一觥诗酒融高雅。

（二）

诗坛女史气纵横，十载回眸踏远程。
抗战高吟曾夺冠，中华大赛早扬名。
双龙①一别三千里，单骑腾飞百二城。
辞赋花开传九域，播云耕雨闯燕京。

（三）

熏风拂柳踏歌来，五月锦江华宴开。

端午粽香漫松水，冰城花笑醉茅台。

双龙回首犹存梦，匹马扬鞭早绝埃。

辞赋春归两都②热，燕云③作纸一刀裁。

【注】

①双龙：戴丽娜，原籍黑龙江省望奎县，望奎镇原名双龙镇。

②两都：汉代文学家、史学家班固创作两篇大赋《西都赋》和《东都赋》，俗称《两都赋》，此处代指辞赋。

③燕云：燕指幽州，云指云州。见《新五代史·晋高祖纪》。后以"燕云"泛指华北地区，明代指京都地区，今指北京。

谢王孝华赠《北方文物》

《北方》有幸结奇缘，卅载曾交四主编。

黑水苍茫连紫塞，白山崇峻接榆关。

黄河万里文明启，辽海千秋金石传。

百廿期刊从未少，会当竭力著新篇。

写给吉林公主岭新药特药连锁有限公司

信是医神亦药神，内强素质外强身。

只因救命成连锁，却为扶贫忘苦辛。

呵护健康回社会，发挥疗效报黎民。

名优新特名遐迩，慈爱无边做好人。

致金源风微群诗友

金源何故起波澜，半载儒风聚雅坛。
有约在先应共守，因缘结社莫相残。
眼观五岳天犹阔，心注千川海更宽。
我劝群中休动气，一觚诗酒早言欢。

祝贺李小菊在黑龙江省戏剧大赛第四届名票大赛中荣获金奖

登台彩唱望江亭，金奖夺来云鬓青。
雅韵传神迷票友，清音绕耳醉华庭。
京腔曲奏南梆子，国粹辉光北斗星。
十载戏功谁打造，谢师首要谢张萍。

观娥美游太阳岛玉照书赠

惠风和煦荡心身，夏日郊游最爽神。
卧地仰天犹抱绿，赏花观景更怀春。
放松筋骨舒柔体，忘却忧愁涤俗尘。
大自然中回首处，天人合一气氤氲。

致仕杂感

致仕何曾守寂寥，诗情万丈薄云霄。
耽茶每日斟龙井，嗜酒经常喝小烧。
志苑撰文翻旧史，吟坛交友逐新潮。
令人最是忧心处，流水飞花瞬息消。

感谢省地方志办公室领导、机关党委负责同志七月一日登门慰问

惠风送暖进家门，华诞尤应感党恩。
水果箱中承雨露，地方志里载乾坤。
林泉归隐朝堂远，学海奔忙史乘存。
未老诗心犹奋笔，芸窗依旧醉吟魂。

赠京剧名家张派传人张萍女史 二首

（一）

菊坛卅载迩遐名，张派风神一脉承。
京调京腔凝雅韵，原滋原味见真情。
秋花婉丽苞先放，春柳婆娑莺早鸣。
至美青衣长袖舞，氍毹依旧唱新声。

（二）

昔日荧屏屡现身，今朝票社见嘉宾。
远山含黛秋波动，玉指拈花冰笋新。
婷袅身姿风拂柳，淑娴气质雨清尘。
菊坛耀眼星光灿，戏曲人生总是春。

哈尔滨龙华渔村雅集喜赋

　　渔艇丽人包德珍女史返乡，阅红居士王福生邀冰城三五诗友
至王府做客并于龙华渔村招饮，喜而赋之。

盛夏松江沐爽风，丽人归艇喜相逢。
诗家结伴忙吟绿，文友登门共阅红。
龙井三斟人欲醉，君妃一品韵无穷。
高谈阔论评今古，琼岛冰城记雪鸿。

五常市石刀山留影

牤牛河畔赏奇观，盛夏登临未觉难。
汗水洗尘林荫碧，手机拍照暑风寒。
石峰高耸身如削，利刃新磨锷未残。
只为吟诗常探险，敢登绝顶上刀山。

《柳姓赋》完稿喜赋

始祖追宗尊展禽，河东郡望柳成阴。
和风堂里和风劲，笔谏亭中笔谏深。
将相威名存典籍，诗词巨擘载琼林。
文坛史苑昆仑在，一脉相承壮古今。

丙申六月既望六九初度书怀

冰城六月沐荷风，寿诞高歌酒数盅。
岁月无情人渐老，时光有限意无穷。
落花流水春虽去，寒菊霜枫秋正红。
惜秒争分融翰墨，芸窗依旧可雕虫。

祝贺张万栋先生七十华诞

天石生成作砚台，金钩铁笔画图开。
丹青泼洒融冰雪，翰墨淋漓染腊梅。
菊苑痴迷常票戏，杏坛执着为兴才。
宝刀不老犹磨砺，更遣豪情淬火来。

丙申立秋日王联明先生招饮，喜与北京市诗词学会副秘书长李树先先生相逢有赠

吟坛交往几多年，哈埠相逢信有缘。
暑气方消清气爽，诗情骤涨画情添。
京华此去歌千曲，松水归来酒一船。
最是孟秋时节好，白云摘下绘新篇。

蒲峪路故城遗址怀古

荒草萋萋映碧天，上京一路倍堪怜。
封疆壤地三千里，断壁残垣八百年。
谋克几多成旧史，印模一纸写残篇。
金戈铁马何方去，独剩空城笼夕烟。

【注】

《金史·地理志》载："金之壤地封疆……北自蒲峪路以北三千馀里，火鲁火疃谋克地为边。"

祝贺龙雨青山微群成立

青山妩媚多佳景，绿水温柔泛碧波。
色彩斑斓诗浪漫，风光旖旎舞婆娑。
苍松有意成椽笔，翠鸟含情唱恋歌。
裁片白云先作纸，丹青一抹画红荷。

抗日英烈 五首

赵尚志

壮志凌云薄碧空，抗倭救国尽孤忠。

无情打击难消志，果敢冲锋屡立功。

血染梧桐①凝白雪，名传黑水傲苍松。

头颅掷去今重现，双目依然对恶凶。

【注】

①梧桐：即梧桐河，位于萝北境内。1942年2月12日，赵尚志在袭击伪梧桐河警察所途中被敌人暗中开枪，洞穿腹部，因流血过多，在昏迷中被俘，后壮烈牺牲。

赵一曼

抗日离川赴北疆，柔肩敢把大旗扛。

白衣红马惊倭胆，碧血丹心映铁窗。

豪气冲天谁可侮，酷刑受尽未能降。

遗书一纸凝真爱，犹向人间发火光。

杨靖宇

烽烟骤起大旗擎，黑水白山苦斗争。

南满挥戈歼敌寇，北疆携手筑长城。

宣言问世联军起①，司令②身兼铁骑横。

风雪濛江拼杀日，独将热血化忠诚。

【注】

①1934年2月21日，召开了南满抗日军联席会议，成立了抗日联军总指挥部。20多支抗日武装，一致推举杨靖宇为总指挥，还通过了抗日联合宣言。1936年2月20日，为响应党中央的号召，东北抗日部队，以杨靖宇等抗日将领的名义发表了《东北抗日联军统一建制宣言》。以党领导的东北人民革命军6个军为基础，联合其它抗日武装，先后成立了东北抗日联军11个军，杨靖宇继任抗联一军军长兼政委。

②1936年6月，抗联第一路军组成，杨靖宇任总司令兼政委。

李兆麟

抗倭东北起辽阳，奔赴松江斗志昂。

组队珠河壮东哈①，联军汤旺②写华章。

西征路上餐风雪，修整营③中磨剑枪。

出师方捷身先死，霞光初照亦忧伤。

【注】

①东哈：即哈东。1933年10月李兆麟根据省委的指示，协助中共珠河（今尚志）县委和赵尚志组建珠河反日游击队。1934年4月中共满洲省委遭到破坏，李兆麟离开哈尔滨，来到珠河反日游击队，任游击队副队长，队长为赵尚志。

②汤旺：即汤旺河。1936年1月，李兆麟出席北满抗日部队领导人在汤原召开的扩大联席会议。会议根据《八一宣言》精神，决定成立东北民众抗日联军总司令部（后改为北满抗日联军总司令部），赵尚志为总司令，李兆麟为总政治部主任。下辖三、四、六、九、十一共5个军。此后，李兆麟以联军总政治部主任（代理六军政治部主任）和三、六军留守处主任身份，领导建立和巩固汤旺河后方根据地的工作。

③修整营：1941年6月以后，东北抗日联军为保存实力，使部队得到休整，主力转入苏联境内进行修整。东北抗联在苏联境内成立了教导旅，周保中任旅长，李兆麟任政治副旅长。抗联将士经受了严格的军事训练和紧张的政治学习，为迎接抗战胜利做了思想、政治和军事上的准备。

八女投江

危难关头共救亡，抗联战士举刀枪。

男儿抱恨酬家国，巾帼怀仇斗虎狼。

血热何忧江水冷，志刚不畏恶浪强。

乌斯河畔丰碑竖，英烈芳名万古扬。

读《临川四梦》纪念汤显祖逝世四百周年

文坛巨擘出临川，辉映神州壮宇寰。

四梦惊醒尘世梦，一缘难比爱情缘。

还魂为让魂归地，惩腐方知腐漫天。

欲唤先生重奋笔，人间最盼好诗篇。

为修族谱访故乡柳家屯宗亲

咸丰朝末垦荒初，下坎立屯安草庐。

百五十年寻旧迹，三千里外觅征途。

家分六股人离远，户立多门情未疏。

同祖同宗根尚在，惟期族谱早成书。

柳家屯后山访墓

荒山秃岭早成林，低谷高岑覆绿阴。

坡上时看新墓起，碑前忙把故人寻。

无知小鸟鸣秋树，有意寒蝉发苦吟。

旧雨几多今又见，野花含露泪淋淋。

故园欲访少时同学王志君

苏城一别忆当年，九载同窗喜共肩。

梦里重回芳草地，眼前又见绿杨天。

习书墨染少陵水，学画情融驿马山。

耳畔犹闻铁钟响，相逢莫笑鬓须斑。

赠北京市诗词学会副秘书长李树先吟长

把酒滨江①不计樽，孟秋清气入诗魂。

风骚养性犹拈韵，岁月流光总有痕。

梓里难忘欢喜岭②，都门已恋稻香村。

菊坛诗苑人同醉，一曲高歌海岳吞。

【注】

①滨江：哈尔滨别称。

②欢喜岭：五常市旧称，李树先先生为黑龙江五常人。

有感吉林等外省市地方志办公室聘请余为专家库（组）省市志审稿专家

老圃秋深正着花，芳名谁料落天涯。
墙中枝冷孤魂寂，域外香浓众口夸。
龙困浅滩思大海，鹭飞洲渚恋汀葭。
一腔热血犹珍重，且为邻人绘紫霞。

和隋岩主任丙申重阳赠诗原韵

莫道冰城秋意凉，重阳依旧沐骄阳。
豪情未减花增色，暮岁何忧鬓着霜。
不忘初心修邑史，当流热血染儒装。
山人岂敢称名士，志苑有缘同撷芳。

重阳　二首

丙申重阳，省地方志办公室领导宴请离退休老领导、老同志，余有幸荣列其中，感而赋之。

（一）

一年一度又重阳，酒热早忘寒露凉。
老柳摇风凝碧绿，黄花吐蕊泄芬芳。
爬梳残稿犹圆梦，整理秋衣好换装。
西域归来身尚健，何忧北国降严霜。

（二）

欣逢佳节聚华堂，荣列耆英会亦慌。

年近七旬人未老，时交九月菊流芳。

一觥诗酒隆恩重，万卷方舆信史长。

最是登高抬望眼，茱萸遍插看斜阳。

一带一路与方志创新学术研讨会在兰州召开

陇右金秋聚一堂，千年丝路写辉煌。

图经尽载胡天梦，方志犹存禹甸光。

考献征文高论阔，创新立说韦编长。

驼铃响处笛声脆，欧陆连成通海洋。

张掖大佛寺

千秋大佛迩遐名，西夏永安方建成。

横卧神醒犹似睡，静思目闭亦如睁。

腹腔宽阔碑藏史，庙宇恢宏人写经。

世祖当年降生地，只存文物不存僧。

嘉峪关

嘉峪城头望远天，巨龙飞越已临边。
一肩挑起秦时月，万壑飘来大漠烟。
驼队铃曾吞紫塞，丝途笛又响雄关。
当年要隘功能褪，剩有游人共览观。

月牙泉

黄沙未必漫沙丘，大漠依然有绿洲。
旱柳垂青一泓水，蒹葭摇醉半湖秋。
观音有意抛甘露，西子随心注碧流。
最是嫦娥情泪洒，名泉汇涌月如钩。

敦煌二题

(一)

大漠风情宝库存，千年石窟敞开门。
尘封扫去文明启，洞穴观完历史温。
壁画斑斓犹夺目，遗书浩繁可寻根。
几经劫火飞天在，舞袖直朝明月奔。

（二）

敦煌回首倍伤神，国宝缘何遭落沦。
千卷写经犹掩泪，万篇遗稿痛蒙尘。
应知文化有强盗，可叹神州少学人。
王道士今何处去，无能为力是官绅。

玉门关

汉唐故垒接西东，遍体苍颜对碧空。
羌笛胡笳声渐远，马群驼队早无踪。
长城望断孤烟逝，烽火消时夕照红。
丝路回眸千载事，而今又要起雄风。

青海湖

谁抛翡翠落山间，百里湖光映碧天。
圣水苍茫云入海，寒波浩荡浪飞烟。
瑶池宴饮神仙醉，宝镜投扔日月圆。
蒙藏风情浸淫处，单车诗会塞连年。

塔尔寺

宝刹巍峨乃藏传，千间殿宇向西天。

进门即见佛光亮，叩首已将灯火燃。

三绝精良堪赏客，六根清净可参禅。

思亲难阻修行志，塔建寺成应有缘。

青海省地方志办公室原副主任李泰年先生于西宁以勒酒店置酒宴余遂以诗相谢

掬来西海①洗征尘，天佑德②中凝赤真。

万里金风吹玉塞，满腔热血涌银樽。

志坛奋笔肩犹重，诗苑高歌韵亦新。

最是仲秋逢故友，阳关一出有同人。

【注】

①青海湖，古称西海，或称鲜海。

②天佑德，即天佑德青稞酒，为青海地产名酒。

交河故城

今来西域访车师，穿越时空步履迟。

寺院依稀连佛塔，官衙仍旧守城池。

当年都护衙何在，昔日民居人早离。

丝路依稀留雪爪，联成三国共申遗。

【注】

2014年6月22日，在卡塔尔多哈召开的联合国教科文组织第38届世界遗产委员会会议上，交河故城作为中国、哈萨克斯坦和吉尔吉斯斯坦三国联合申遗的"丝绸之路：长安–天山廊道的路网"中的一处遗址点成功列入《世界遗产名录》。

魔鬼城

戈壁无边梦幻生，谁施巧手筑边城。
楼亭殿阁神仙建，碉堡阙宫魔鬼成。
战舰出航游瀚海，雄鹰展翅入天庭。
无缘难见风沙起，虎啸狼嚎未得听。

喀纳斯景区写生

西域遨游喀纳斯，桦林飞掠串成诗。
绵绵河水顺山淌，浩浩湖光随桨移。
五彩峰高秋色重，三湾境美客心痴。
游船驶向桃源处，泊岸依然未肯归。

禾木晨晓

迷蒙浓雾笼朝晖，河水哗哗鸟鸣啼。
桦树林边牛甩尾，山坡路上马飞蹄。
云遮晓日眯双眼，露浸征衫湿厚衣。
只盼天晴拍风景，抓来新旭好吟诗。

赛里木湖

山含白雪雪含山，坡谷葱茏树影寒。
衰草橙黄如缎锦，寒波清澈似天蓝。
微红一抹云天里，浓碧千层壑谷间。
何故常年湖水涨，情人眼泪未流干。

【注】

赛里木湖是大西洋暖湿气流最后眷顾的地方，因此有"大西洋最后一滴眼泪"的说法。

果子沟

闯入深沟入险关，长桥上下费周旋。
凝眸车进云端里，回首路飘山底间。
飞鸟凌空苍昊近，崇峰叠嶂冷杉寒。
落差皕米升腾处，双塔斜拉锁万难。

喀什噶尔古城

朝阳斜射古城高，为览风情客似潮。

小帽买来头上戴，披巾购得领肩飘。

精工细作花纹灿，巧手织编色彩娇。

美食亲尝知特色，笑声朗朗入云霄。

西域云游旅途结识多名驴友

人生无处不相逢，海角天涯一望中。

风物山川留美景，名胜古迹印芳踪。

尘寰有意奇缘得，萍水无边邂逅通。

西域云游未知倦，雪泥鸿爪载诗丛。

西域归来感赋　二首

（一）

老夫聊作少年狂，游罢南疆游北疆。

戴月披星忙赶路，节衣缩食为观光。

举杯欲饮湖山醉，开口即尝瓜果香。

戈壁阑珊绿洲涌，沙丘深处看胡杨。

（二）

岩疆何必逞凶威，西域秋高沐锦晖。
瀚海千年埋古國，风光万里览芳菲。
雪山望去尤开眼，富态归来已减肥。
鸿爪雪泥留印处，一囊诗赋裹征衣。

张琢吟长逝世一周年祭

一载未曾通信音，霜秋诀别倍伤心。
吟坛韵冷诗沾雪，边塞风寒泪满襟。
菊苑无情残蕊落，锦云有梦夕阳沉。
黄泉路上当行好，再赋新歌踏远岑。

【注】

张琢先生著有《锦云集》《菊园心语》诗文集。

祝贺巴彦乡友书画展在金泰画廊开幕

风和日丽喜重阳，金泰开窗展画廊。
掬得少陵水溶墨，搬来驿马石当床。
青山有梦云霞染，黑土生根画卷长。
遍洒丹青同握笔，乡邦文化共弘扬。

祝贺王国华先生《古稀新韵》付梓

归隐林泉乐笔耕，古稀依旧唱新声。
芒鞋仗剑游山去，韵海登舟踏浪行。
翰墨勤书家国事，风骚尽涌水云情。
斜阳万里霞光灿，十卷清吟酒一觥。

感谢许隽超先生提供杜学瀛《耳顺同音集》寿联集

冰城论史聚群英，关道难离杜学瀛。
人物出生勤考辨，家庭身世已厘清。
百年设治抒愚见，十载编书赖友情。
最是令人存感动，无私相助壮《集成》。

哈尔滨香电街街畔公园建设公厕因大雪被迫停工

造福于民本为公，缘何行动太迟松。
绘图勘测临霜降，挖土刨坑便立冬。
翠苑昨宵因漫雪，琼楼今早便停工。
资财空耗谁珍惜，独让铁皮遮朔风。

庆祝满族颁金节381周年暨《关东满族》创刊6周年优秀作品表彰大会召开

瑞雪纷飞奏凯音，孟冬时节庆颁金。

关东满族传琼苑，塞北葵花绽杏林。

名企犹能重文化，灵丹自可拯民心。

纵歌把酒庆华诞，携手登高向远岑。

哀悼我国第一位歼－10战斗机女飞行员余旭

驾起银鹰起旋风，英雄何必辨雌雄。

蓝天万里青春靓，碧血一腔赤胆忠。

卅载人生飞异彩，八年云路耀长虹。

芳魂陨落香犹在，余旭依然映昊空。

悼念菲德尔·卡斯特罗

铮铮铁骨傲苍穹，面对强梁腰未躬。

冷眼静观潮起落，忠心力改国贫穷。

邻家总统纷纷换，世界声威日日隆。

明目虬髯犹栩栩，寰球谁不颂英雄。

受赠李明先生《励志三部曲》（外一编）

励志形成三部曲，书成写就一支歌。

阳光遍洒芸窗亮，花朵争开志苑多。

拨动七音追日月，编完八秩壮山河。

真情融入长江水，滚滚东流汇逝波。

闻《海外中医善本古籍丛刊》出版

中医古籍属神州，善本丛刊众所求。

漫漫回归求宋版，孜孜寻觅访名楼。

喜看残卷成完璧，欣把良方赐故俦。

普惠众生藏为用，杏林固守自千秋。

丙申仲冬十一月初五冰城气温回升至零上四摄氏度

东君何故降关东，搅得滨江春意浓。

风刮屋檐冰雪化，车行大道水泥融。

杞人已畏严冬暖，游客何忧寒意隆。

眼见真金白银逝，奈何气候变无穷。

纪念柳氏先祖和圣柳下惠诞辰2735周年

摘片琼芳寄墓园，濮阳遥望泪花翻。

缘何亚圣尊和圣，却是一言胜万言。

柳下生根枝叶茂，神州发迹子孙繁。

弘扬祖德追先祖，富庶岂能忘本源。

【注】

①柳下惠墓位于河南濮阳。

②和圣：春秋时鲁孝公之裔展禽，字季，曾任鲁国士师，食采于柳下，故地或在今河南濮阳东柳下屯镇（一说在今山东新泰柳里）。世称柳下季，谥号曰惠，史称柳下惠，其子孙后代遂以邑名为姓氏，称柳氏。传说柳下惠夜宿郭门，有女子来同宿，恐其冻死，坐之于怀，至晓不为乱，孟子赞之为"圣之和者也"的圣贤君子。

原玉和双山吟友《独行》

碎影流光逝秒阴，徜徉学海倍知深。

老来不减青云志，归去犹存赤子心。

涉水跋山曾揽月，栉风沐雨自披襟。

浸淫缃缥三千卷，翰墨一觞随酒斟。

赠德臣砚友二首并序

老友王德臣由京返哈，余携妻并邀梅翁、轻舟一同相聚。酒后德臣光临寒舍品茗论诗，余以诗二首记其事也。

（一）

日下①归来雪满城，同窗尽叙别离情。
应邀网友诗相伴，奉命荆妻酒共擎。
华发虽添心未老，金鸡将晓剑犹鸣。
方瓶②饮罢人微醉，旧雨尤珍是晚晴。

（二）

砚友登门蓬荜辉，流霞③方醉面微绯。
红袍新泡乡情涌，青木初燃逸兴飞。
电脑打开诗共阅，书文相嘱命难违。
惟怜夜幕来临早，打的送君踏雪归。

【注】

①日下：北京旧称。
②方瓶：玉泉方瓶酒。
③流霞：美酒别称。

丙申仲冬于金源故地同阿城老友殷显庭重逢

廿年相识喜重逢，把酒阿城逢仲冬。
史志编修曾授课，诗词聚会为鸣钟。
文坛性雅歌金水，艺苑情深雕玉龙。
高举相机留记忆，平安夜里雪花溶。

次韵德臣《接老友成栋电话》原玉

归隐林泉犹有声，花开花落乃常情。
乡愁万缕凝真爱，雪爪千行印赤诚。
杖国时时怀家国，谋生处处念苍生。
青衿本色终难改，笑傲红尘独自行。

次韵贺李振汉吟长七十华诞

夏去春归又遇秋，扬帆破浪独操舟。
霜林唱晚看红叶，大海听涛览白鸥。
蝶梦难将生态改，仁心总为自然忧。
书生杖国怀家国，退隐林泉志已酬。

丙申仲冬祝贺振汉兄七十华诞

戎马关山忆昔年，军营离却未归田。
漪园创业诗生采，日下交朋笔结缘。
退隐林泉回铁岭，浸淫韵海守辽天。
欣逢华诞为君寿，鹤骨松风赏月圆。

以上作于2016年

丙申暮冬悼念江西省地方志办公室涂小福先生

京华一面总因缘，修志相逢为汶川。
名片虽存君却走，文章读罢我惟怜。
卅年未忘豫章史，六秩犹书赣水篇。
化鹤归辽泉路远，泪花融雪洒江天。

闻教育部发函规定在中小学地方课程教材中将八年抗战一律改为十四年抗战感赋并序

　　2002年大年初二，国家副主席胡锦涛，亲临黑龙江，到老省长陈雷家拜年。抗联老战士陈雷、李敏向胡锦涛呈交一份报告。请求中央重视宣传东北抗联，并要求将抗战八年改为抗战十四年，胡锦涛对此极为重视。此后，从中央到地方，对东北抗联之宣传力度逐渐加大，宣传口径亦逐渐改变，以至于2017年将八年抗战彻底改为十四年。此乃标志中央对东北抗联之历史地位给予

全面肯定。斯时陈雷省长在天之灵可以笑慰九泉矣。李敏同志这
些年奔走呼号、抛尽心力宣传抗联，亦得获得可喜之回报。

中华抗战起辽东，黑水白山豪气雄。
血染江桥①擎大纛，捷传墙缝②响长空。
举旗巴彦平洋③起，联手汤原战火红。
十四春秋入青史，有灵犹要告陈公。

【注】

①江桥：指江桥抗战。1931年11月4日，发生在黑龙江省泰来县江桥
镇的齐齐哈尔江桥阻击日本侵略军的战争，虽然在时任黑龙江省代主席马
占山指挥下失败了，但江桥抗战仍被评为中国军队有组织、有领导抗击日
本帝国主义侵略者的第一枪，也被评为世界反法西斯战争的第一枪。

②墙缝：代指墙缝战斗。"墙缝"位于黑龙江省宁安市境内，是
夹在牡丹江和一个山坡中间的一条5华里长小路，路边耸立一人多高的
石壁，时断时续，隔一段有个裂口，被称"墙缝"。新编《宁安县志》
记载1932年3月李延禄领导的抗日救国军补充团在墙缝战斗中打死上田
支队70多人。

③张甲洲，字平洋。1932年5月23日（农历四月十八），由张甲洲
领导的巴彦抗日游击队在巴彦诞生，巴彦抗日游击队是共产党领导的第
一支抗日队伍。

④东北抗日联军：1936年2月20日，杨靖宇、王德泰、赵尚志、李
延禄、周保中、谢文东等联名发表《东北抗日联军统一建制宣言》，宣
布：为进一步巩固抗日军队的组织，统一抗日军队的行动，"改革抗日
军队的建制，废除抗日军一切不同的名称，全部一律改称为东北抗日联
合军第一、二、三、四、五、六军及抗日军××游击队。"1月28日，
东北反日联军军政联席扩大会议在黑龙江汤源吉兴沟举行。东北人民革
命军第三军、东北抗日同盟第四军、汤源抗日游击总队、东北反日民众
军谢文东部、自卫军李华堂部的代表出席。会议决定成立东北抗日联军
临时政府和东北抗日联军总司令部，推选赵尚志为总司令，张寿篯为总
政治部主任。

沉痛悼念孟庆恩志友

噩耗传来倍震惊，顿时双眼泪花倾。
谁知君去夫馀国，不忍人离冰雪城。
志苑回眸书尚在，泉台放眼路难行。
卅年共事一朝别，往事如烟栩栩生。

丙申暮冬祝贺龚志华吟长七十华诞

嘉平既望盼鸡鸣，雪月做杯将酒擎。
归隐十年犹沐雨，迎来七秩好谈情。
松林长啸乡愁涌，韵海高歌豪气生。
万里斜阳温绮梦，无边诗意咏新晴。

悼念著名语言学家汉语拼音之父周有光先生

茶寿逾过又四年，生辰翌日始归天。
著书立说学科广，订案标音汉语全。
百岁犹能出新作，一生早已写奇篇。
莫非上帝忽然醒，生死簿中名错填。

【注】

周有光先生于2017年1月14日逝世，享年112岁。先生曾戏言说上帝将他忘了。

丙申暮冬赴齐齐哈尔征文考献于列车途中

一路疾行车若飞，雾霾弥漫掩朝晖。

卜魁此去寒流涌，高铁奔来暖气吹。

为作嫁衣寻旧稿，即朝石室觅联诗。

有缘若把珍藏获，满载青囊方可归。

丙申暮冬赴齐齐哈尔为黑龙江省中医科学院六十周年院庆征集著0名老中医诗稿未果

龙沙腊月访儒医，呈上公文半觉疑。

代友征文寻旧稿，替公办事费言辞。

编书为广岐黄术，献礼因迎院庆时。

无奈儿孙无雅兴，互相推诿不谈诗。

谢亓公石城于龙沙万卷阁中助我为《黑龙江楹联集成》同抄楹联

远送近迎逢酷冬，龙沙腊月为雕龙。

杏林诗稿虽难获，石室珍藏却得逢。

墨竭笔枯拼老手，腹饥口渴抢分钟。

多亏挚友倾情助，联语抄完露笑容。

霁月轩中石城为余操琴演唱京剧

霁月轩中逸兴浓，京胡响处气从容。
引吭高唱三家店，侧耳倾听二进宫。
独有皮黄凝雅韵，绝无尘俗入襟胸。
人生如梦犹如戏，画虎难成便画龙。

丙申岁末拜访龙沙耆宿谭彦翘先生

不见先生有几年，精神矍铄亦如前。
书香弥漫凝华发，花影婆娑映鹤仙。
休道遐龄难把酒，犹知博识可谈禅。
龙沙一晤金鸡晓，共待新春朗润天。

读曾一智重病中犹撰文惦记霓虹桥保护

都市文明守护神，一腔热血洒松滨。
心怀文物楼连路，笔写华章城与人。
追赶逝烟何畏诟，坚持志愿未曾泯。
霓虹梦里魂犹绕，天国重逢总是春。

代成樑弟感谢哈医大四院眼科主治医

银河成疾惹头疼，观物看书两不清。
幸有医师施妙手，重教患者启光明。
眼王圣母今重现，方药神刀又再生。
沐罢春风沐春雨，双眸洗净洗心灵。

丁酉迎春曲十六首

（一）

金猴载果返银山，破晓雄鸡唱宇寰。
旭日东升光泰岳，春风北度暖榆关。
青峦碧水欢歌起，白雪红灯笑语还。
微信条条忙问好，琼浆饮罢尽开颜。

（二）

时逢生肖又转轮，喜遇雄鸡当贵宾。
五德犹存胜凤鸟，一声高唱奉东君。
不离家舍团团转，守住雏群咯咯亲。
引颈长鸣啼晓日，披衣挥剑舞犹频。

（三）

唱晓金鸡惊梦乡，新年伊始沐朝阳。
冰城柳色凝春色，芸馆书香浸墨香。
岁月无情人欲老，沧桑有意史留芳。
琼浆饮罢重撸袖，奋笔随心撰锦章。

（四）

回暖朝阳入牖扉，残冬褪去厚棉衣。
面条抖落犹缠福，筋饼摊开好卷诗。
绿意偷偷融积雪，青山隐隐透芳枝。
东君忽降忙擎酒，又是一年春好时。

（五）

春风回暖沐朝霞，九域欢歌迎日华。
大数据中传捷报，互联网上绽新花。
忽传高铁连千里，喜看二孩生万家。
厉害了啊吾的国，无边佳讯到天涯。

（六）

抓铁有痕鸣警钟，石间留印踏泥鸿。
初心有梦决心大，责任担肩重任同。
治党严规兴国运，强身整制系民风。
众星拱北捧新月，赤帜擎天万里红。

（七）

回眸泥爪觅诗痕，回首家山未忘根。
万里乡愁连古邑，一蓑烟雨系新村。
诗书本色青衿志，家国情怀赤子魂。
翰墨千觥权作酒，好来陶醉我儿孙。

（八）

中华方案起航程，举世皆称G二〇。
碧水一湖连四海，清茶廿盏聚群英。
创新增涨雄风劲，推动包容强劲增。
峰会丰碑垂史册，秋光万里荡回声。

（九）

改革征程砥砺行，平安稳进向纵横。
洪荒之力须全使，工匠精神待继承。
小目标中夺胜利，大环境里找均衡。
攻坚同我克难进，效益增强去产能。

（十）

十一神舟遨碧空，成功对接系天宫。
中华有梦须同做，宇宙无边已贯通。
夜伴星光看月白，朝随日影望霞红。
迢迢银汉寻知己，万里云天颂杰雄。

（十一）

天地之中一首歌，千年民俗贯长河。
周公侧影分寒暑，守敬简仪明逝波。
节气原从生活始，阴阳犹伴岁时过。
申遗喜讯传寰宇，华夏文明自古多。

（十二）

讲话两番惊宇寰，龙江崛起闯雄关。
冰天雪地银铺地，绿水青山金满山。
丝路连成通陆海，德俄接贯达欧班。
文章做好三篇后，大小兴安展笑颜。

（十三）

讲话曾经震艺坛，华堂两会使人酣。
一篇报告拱辰北，四字箴言作指南。
迈向高峰凭引领，追求品质敢当担。
二为宗旨今犹记，活水无边涌碧潭。

（十四）

北国隆冬气象新，冰天雪地变金银。
琼楼玉宇光如昼，素裹红妆人若宾。
如醉如痴成梦幻，亦歌亦舞绝纤尘。
皆因央视办春晚，阵阵春风吹满身。

（十五）

佳节缘何爆竹稀，禁弛难辨是和非。
千年习俗终难易，九域民风不忍违。
紫气凌云生态改，文明化雨雾霾飞。
金鸡报晓山河绿，万里神州沐锦晖。

（十六）

抗战重归十四年，白山黑水忆烽烟。
铁蹄踏进刀枪举，赤帜飞扬炮火燃。
抵侮何须分国共，复仇只为保山川。
中华万古归尧舜，重写神州第一篇。

丁酉感怀

丁酉重逢总欲言，南闱科场结奇冤。
五轮甲子存残梦，一队流人向莽原。
世事无情犹忆史，沧桑有意已开轩。
尧天舜日今无恙，报晓金鸡恣意喧。

原玉和赵玉平吟长《赠长铗归客》

壮岁离乡梓梦深，今朝有幸聚微群。
少陵犹奏春光曲，驿马长连秋叶心。
卅载志坛犹奋力，七旬诗苑自高吟。
鸥盟初订休言晚，犹记松江哺育恩。

有感《生活报》刊登拙作《如果有来世还请您做我的父亲》

先公辞世十三春，重读祭文双泪潓。
霜浸青丝儿渐老，梦回荒冢草犹新。
慈恩总比泰山重，家教当知庭训珍。
子欲孝时虽已晚，弘扬祖德有来人。

读王卓平《病中闲吟》

一段闲愁独自吟，芸窗拈韵为开心。
佯装病体原无病，为觅琴音先拂琴。
风雪袭来赤炉热，诗词写罢玉醅斟。
遥闻天外春雷响，胸底依稀涌绿阴。

惜 时

唐音宋韵万家吟，不朽文章必写心。
笔走龙蛇游玉楮，弦飞山水动瑶琴。
人生有限三更起，诗酒无忧两鬓侵。
热血一腔犹未冷，好浇春柳润春阴。

赞鸡西作家协会论坛微课堂诸师友

雄鸡唱晓展英姿，文苑频听百鸟啼。
黑土风掀兴凯浪，青春雨润虎头诗。
论坛怒放花千朵，微友高擎笔一枝。
最是作家团队里，竭诚服务作高师。

丽人节忆中华女杰

丽人未必聚雕栏，英杰依然入社坛。
修史班昭东观亮，登基武曌北堂宽。
抗金兵咏梁红玉，漱玉词传李易安。
秋雨秋风仰秋瑾，竹笃一曼血犹丹。

中国诗词大会感怀

大会风吹百鸟鸣，谪仙今又举吟旌。

一时黉舍唐音壮，刹那神州雅韵兴。

诗教千年终未毁，骚情百世又回生。

喜看阆苑花争艳，携得馨香画里行。

读《我省传统诗词创作生机勃发》赠黑龙江日报记者陆少平

无冕之王奋笔耕，化成春雨润吟情。

两千文字十天得，五秩诗心一日倾。

勇为神州兴国粹，欣教雅韵壮冰城。

华章读罢双眸湿，化作歌潮逐浪行。

送丁香诗社诸诗友赴邯郸参加梨花诗会

二月山川映早霞，冀南遍岭绽梨花。

同携玉蕊充珍礼，便化甘泉润丽葩。

边塞风情融古赵，诗坛友谊汇清嘉。

邯郸一去黄粱熟，正步归来好返家。

重访黑龙江北方民俗博物馆

回首当年永发屯，并乡难觅旧时痕。
土风渐远犹存梦，时代更新可觅根。
生活编成民俗史，馆藏凝聚梓桑魂。
一家心血芳园筑，总向游人敞大门。

赠陆少平女史

丁酉仲春，余陪同黑龙江日报记者陆少平赴故乡巴彦采访黑龙江北方民俗博物馆。2017年3月27日《黑龙江日报》发表了少平采写的《一座私人博物馆承载北方民俗史》一文。

行程皕里踏风尘，民俗村牵记者身。
报导从来须慧眼，新闻一定有真人。
为文明作辀轩使，替社会当桑梓民。
妙笔生花传塞北，苏城一夜满园春。

血压升高感怀

血压升高脑晕转，无心看柳再看花。
每天必煮鬼针草，从此难斟龙井茶。
老去惟知佳作少，归来已觉夕阳斜。
待将文债偿还后，啸月吟风踏远沙。

丁酉清明

雪化冰消天放晴，一年一度又清明。

乡愁常与秋风起，思绪总随春草生。

文债如山闲未得，母恩似海梦犹增。

遣儿代我坟前祭，伏案依然老泪横。

丁酉清明祭同乡诗友生伯及先生

长辞四载复清明，三月荒郊墓草生。

梦里几回逢故友，心中依旧念乡情。

满头华发犹飘雪，一对明睛似有声。

无奈泉台路遥远，春醅欲酹已难倾。

哈尔滨讲坛进行《中华诗词——我国优秀传统文化的奇葩》讲座感怀

书楼讲座客盈堂，唐宋雅音依旧强。

好雨知时携韵降，吟旌如意顺风张。

百年诗体虽曾变，千载基因总溢芳。

一朵奇葩逢盛世，嫣红姹紫满园香。

赠柳邦坤宗亲

黑河同宗文友柳邦坤辞政从教赴淮九载，近日通过微信始得联系，感而赋之。

一别北疆相见难，九年方晓汝辞官。
江淮风物杏坛里，黑水乡愁文笔间。
问祖山东人忆旧，追根柳下姓当先。
何时吾弟关东返，把酒吟诗玉盏宽。

丁酉暮春赴阿城喜与金源风诗友相聚

东君送暖影徘徊，嫩柳喷青花半开。
漫步街衢寻旧迹，凝眸楼厦仰高台。
川流车水匆匆去，驰荡春风缓缓来。
最是金源逢故友，一觥诗酒洗尘埃。

原玉和杜甫《秋兴》八首

（一）

谁挥彩笔染层林，大小兴安气穆森。
山色青黄吐红紫，秋光明暗笼晴阴。
吟诗顿涌梓桑泪，读史长存家国心。
岭上忽然惊白鹭，一声啼叫落寒砧。

(二)

秋水长天日影斜，戍边壮士显风华。
身披铁甲犹增胆，眼望征帆欲驾槎。
黑水苍茫浮冷月，兴安耸峙隐胡笳。
虎贲鹰眼凝神处，一颗红星一朵花。

(三)

龙沙回首露寒晖，犹悔当年国力微。
岭北严疆曾割弃，江东血泪却横飞。
书生情未随波逝，赤子心偏与愿违。
祖逖何时重起舞，索归旧土稻粱肥。

(四)

世事原如一局棋，胜何骄傲败何悲。
水流千曲终归海，花绽三春信有时。
血热炎黄宏略展，旗飘寰宇巨轮驰。
阴霾岂可迷双目，碧水蓝天惹梦思。

(五)

心怀万水与千山，自古兴亡一瞬间。
宋室终难返河洛，清军毕竟入榆关。
青天白日流悲泪，赤帜红星露笑颜。
成败谁云属天命，旧班总要换新班。

(六)

巨轮东驶不回头，无限风光笼暮秋。
高峡水升接天阔，青山翠涌洗心愁。
浪花万朵淘今古，汽笛一声惊鹭鸥。
折戟沉沙铁消尽，史诗留作颂神州。

(七)

人生何必尽言功，三句箴言座右中。
孤影双肩披冷月，青灯一盏读秋风。
为怜幽草忧残绿，独悯山花惜落红。
老去凭何驱寂寞，林泉归隐作诗翁。

(八)

沧海无边路逦迤，征程坎坷有长陂。
不争富贵攀高树，甘愿清贫远凤枝。
君子之心终未改，书生本色总难移。
东篱把酒诗千首，五柳精神万古垂。

书赠宋史专家著名学者辛更儒先生

共同修志几多年，成果尤存两宋间。
问学燕园因治史，跻身黑大早登坛。
稼轩评传呕心写，万里诗文用力勘。
只为中华风雅事，古稀犹在著新篇。

珍藏三十馀载之《墨尔根志》影印本
翻检三天后终于重获

一部志书萦梦魂，东洋文库得真存。
辑完孤本已传世，影印集成又觅根。
冷库三天难露面，寒庐一早竟迎门。
珍藏卅载何功计？手捧遗编洒泪痕。

【注】

墨尔根，即今黑龙江省嫩江县，清代为黑龙江六城之一，曾为黑龙江将军驻地。《墨尔根志》为黑龙江第一部按方志体例编纂的地方志。1986年余曾于日本东洋文库获得胶卷并还原成纸制本，同时已编成《清代黑龙江孤本方志四种》于1989年出版。因家藏图书过多。九年前致仕搬家后史志资料上百包均封存于冷库中未拆包。

原玉和王丹阳（兰蕙）赠诗

治学攻书喜为文，芸窗晨起笔耕勤。
才疏未敢雕龙凤，性淡偏能恋水云。
毕竟吟诗心未老，却因爱国意犹殷。
林泉归隐休闲后，结友联朋不失群。

丁酉端午前夕赴渝与应约与柳成焱等宗亲相聚感怀 二首

(一)

结识宗亲亦有时，渝州相聚早知迟。
开言皆曰河东郡，把酒犹谈子厚诗。
追祖追根仰和圣，为文为宦有先师。
编修通谱应携手，族业振兴难卸辞。

(二)

柳氏因缘聚一堂，杏花村里共擎觞。
嘉陵江水流杯底，巴蜀人文涌桌旁。
同族心生荣誉感，各支系耀祖先光。
宗亲情暖如家至，酒醉渝州胜返乡。

应约与相识十八载之渝州诗友陈常国先生于重庆江北机场相见即别

洛碛登门十八春，当年把酒记犹新。
长江逝梦流波远，黑水归鸿翰墨珍。
相约机场难驻马，辞离重庆半伤神。
沧桑历尽霜丝染，对望苍颜合影真。

咏粽子

轻轻解下柔丝带，慢慢掀开绿叶裙。

玉体流脂白融雪，芳香扑鼻气若云。

丹心一点真情露，娇态十分丰韵存。

为向人间留绮梦，献身百姓与仁君。

重庆一览

群楼错落映晴空，远近高低各不同。

碧树葳蕤吐佳气，清江浩渺沐凉风。

集中营里存忠烈，解放碑前纪战功。

廿载渝州惊巨变，西南崛起印泥鸿。

参加地方志转型升级理论与实践探索 第七届中国地方志学术年会感怀

渝州五月气清新，升级转型研讨频。

十业花开莲并蒂，八条位到笔生神。

育人树德犹存史，资政兴邦总为民。

放眼志坛连广域，与时俱进莫逡巡。

读《龙江地情》频繁报道省委书记张庆伟对全省地方志工作作重要指示有感

林泉归隐未闲之，何患秋霜染鬓丝。
九载披星犹学史，双肩担月更吟诗。
挥毫纵笔能临阵，奉命成文亦适时。
最是东风吹志苑，一江春水起涟漪。

读孙金华女史《另一种相遇》 二首

（一）

绿柳摇风翠鸟啼，春江吹皱起涟漪。
文章华美凝高雅，情调温馨近小资。
命运征程三万日，人生赛场一行诗。
感恩心里常存孝，事业功成坚守时。

（二）

莫问相逢路几程，临歧也要重人生。
篇篇充满正能量，事事高扬好品行。
千里绿风存绮梦，一杯红酒透温情。
走来潇洒去优雅，秋月春花两手擎。

谢赠北京大学教授涂传诒先生

北京大学教授、中国工程院院士涂传诒先生慨然赠其先祖清末黑龙江提学使、民初黑龙江教育司长兼通志局局长涂凤书《石城山人文集》五部与本人及有关图书馆，特此赋诗一首，以表谢意。

为求文集走西东，网肆淘完皆落空。
五月燕园终有讯，百年黑水又临风。
石城存史连南北，江省留痕映雪鸿。
慨赠缥缃情意厚，小诗一首谢由衷。

七十抒怀七首并序

丁酉六月十六日（7月9日）为余七十初度。回眸七十载人生道路，披荆斩棘、砥砺前行，潜心为学，多有斩获。致仕之后犹能发挥馀热，并将己身融入人文社会之中，步入文苑艺坛之内。或志林奋笔，考献征文；或咏物言情，啸风吟月；或砚海疾书，挥毫泼墨。虽然忙碌异常，亦自得其乐也。今吟成七律七首，自寿揽揆，以记雪泥鸿爪耳。

（一）

七十年来一卷诗，人生路上尽奔驰。
启蒙识字思先母，问学求知感众师。
芸馆埋头缃缥阅，吟坛奋笔古今知。
悬车莫道斜阳晚，镂月裁云正是时。

（二）

七十年来一首歌，手挥彩笔舞婆娑。

柳风摇绿千重浪，韵海吟青万顷禾。

耽句每嫌佳作少，读书方觉好诗多。

霜丝染鬓心难老，犹把文章仔细磨。

（三）

七十年来一棵松，凌霜傲雪沐长风。

性情狷介何须改，禀赋直憨难苟同。

唯有丹心酬赤县，敢教浩气贯苍穹。

回眸万里人生路，斩棘披荆印雪鸿。

（四）

七十年来一片云，晚来色彩始缤纷。

枫林尤恋霜秋月，书海偏耽诗古文。

致仕休言人下岗，归田莫道我离群。

潜心史志耕昏晓，继晷焚膏用力勤。

（五）

七十年来一朵霞，书香世界有吾家。

晚来夕照云天璨，归去林泉石径斜。

日暮苍龙犹降雨，秋深老树更生花。

乘风破浪沧溟远，梦里飞舟向海涯。

（六）

七十年来一部书，芸窗躲进作清儒。
笔耕未辍南村地，甲解高居诸葛庐。
志苑犹能梳旧稿，史坛尚可绘新图。
一生宏愿终须报，治学何曾忘始初。

（七）

七十年来一缕情，梦萦家国笔纵横。
诗成能醉千觥酒，蝶化犹飞万里程。
流水高山迷雅韵，清风明月荡秋声。
皮黄响处心旌动，翰墨人生唱晚晴。

八里城怀古　二首

（一）

往事悠悠九百年，出河一战定坤乾。
肇基王绩从兹始，定鼎金都与此连。
重镇置官因守土，故城设驿好屯田。
海西一去三千里，犹有芳名四海传。

（二）

星移斗转已千秋，八里城寻古肇州。
芳草枯荣斜照远，残垣兴废故园秋。
当年铁骑埋阡陌，今日嘉禾载艋舟。
黑土粮都千顷绿，养生佳地任人游。

肇东礼赞

古肇州连今肇东，油城哈埠北南通。
名扬遐迩榆关外，史载辽金华夏中。
黑土耕耘凝绿色，佳园畜牧展雄风。
百强县里跻身处，五大文明映雪鸿。

内蒙古大兴安岭绰尔林业局采风　六首

绰尔河

清清河水绕林阴，树影婆娑若弄琴。
山色无边皆着绿，波光有意尽摇金。
兴安纳友迎佳客，绰尔垂钩钓细鳞。
最是休闲养生地，溪云一片入诗心。

绰尔大峡谷

高山峡谷水涔涔，一入桃源梦幻深。
树影波光连翠岭，云烟暑气荡尘心。
野花烂漫当簪插，泉水叮咚作酒斟。
游子流连忘返处，亭边小憩把诗寻。

钓鱼台

栈道徐行亦快哉，风轻水静影徘徊。
波光闪处云天动，绿影摇时眼界开。
有景观瞻惟剩画，无鱼垂钓独留台。
溪流清浅谁堪比，不怪太公今不来。

白桦礼赞

亭亭玉立满山陬，峡谷丛林一望收。
百尺修身光灿灿，无边浓荫绿油油。
厚皮拥抱撮罗子，巨树刳成独木舟。
桦叶曾将四书写，尽凭巧手塑风流。

登大黑山瞭望台远眺

瞭望台中望远山，葱茏尽涌我心间。
登临何畏逢高塔，攀越难忘遇险关。
林海葳蕤天浩渺，风光旖旎色斑斓。
鸟瞰千里兴安地，万丈豪情壮宇寰。

全胜林场荣获"兴安脊梁"荣誉称号

扎根岭上远嚣尘，怀抱浓阴忘夏春。
伐木当年挥巨斧，护林今日做功臣。
为消火患虽停电，力保青山甘受贫。
植绿栽云挥汗水，兴安挺起脊梁身。

七一前夕单位领导设宴庆祝余为省委书记讲述黑龙江历史成功

和平邨里盛筵开，共庆端阳坐讲台。
有幸省垣谈历史，孰知志苑显愚才。
归田犹赋诗千首，受奖高擎酒一杯。
满目青山观夕照，豪情涌处二春来。

原玉和隋岩主任祝余七十诞辰赠诗

瞬息七旬成老柳，星移斗转鬓先秋。
书生意气犹憨直，家国情怀总郁悠。
驰骋志坛游史海，徜徉诗苑赴仙州。
斜阳挽住休言晚，好伴二春争一流。

古稀生日答德臣兄微信

伏雨飞临凉爽侵，一篇微信谢知音。
增光志苑因谈史，庆寿荷风乃入心。
偶有声名休自满，纵归林野岂消沉。
同窗对话谁人晓，只盼重逢把酒斟。

写在翟志国先生三周年忌日里

先生一别可曾知，黑水白山常忆师。
泉路迢遥人去远，吟坛烂漫尔归迟。
豪情虽在难擎酒，雅韵犹存独赋诗。
三载时光弹指过，荷风吹处泪参差。

隋岩主任荣转十日时逢立秋有题

闻君荣转我知迟，倏忽秋风拂柳枝。
昨日贱辰犹赠酒，今朝微信独存诗。
二轮史乘垂勋绩，一部集成将枣梨。
志稿重刊垂黑水，辨材已满七年期。

【注】

白居易《放言》诗中写道："试玉要烧三日满，辨材须待七年期。"隋岩主任职恰逢七载。

戴丽娜经哈返京成海兄于九转小磨招饮有赠

小磨何须九转成，吟朋雅集吐真情。
一觥诗酒耽西凤，千首辞章向北平。
菡萏飘香凝玉露，金风送爽踏归程。
心怀黑水犹堪赞，秋月冰城起笑声。

吉林农安采风七律 七首

有感黑龙江龙社与吉林农安黄龙诗社结友

黑龙结队会黄龙，携韵嬉珠赖混同①。
菡萏飘香须纵酒，诗词对句好敲钟。
回眸常忆夫馀国，读史犹吟彻夜风②。
辽塔巍峨耸天地，千秋耶律印泥鸿。

【注】

①混同江：辽金时代松花江与嫩江会流后曾叫混同江。

②彻夜风：宋徽宗《在北题壁》诗有"彻夜西风撼破扉"句。

农安辽塔

巍然耸立傲苍穹，历尽沧桑沐雨风。
岁月峥嵘承历史，身躯雄壮守关东。
铃声摇碎辽金梦，故事频传耄耋翁。
广场舞随砖塔转，千年文物矗心中。

太平湖水库

太平湖畔沐金风，碧水蓝天映草丛。
岸渚青青野花灿，穹庐隐隐白云融。
蒹葭簇拥原生态，杨柳依偎环保功。
排涝泄洪流泽远，天人合一米粮丰。

拥水公园

公园漫步踏清秋，花影婆娑曲径幽。
岸柳依依曳来客，扁舟缓缓入中流。
石桥有孔犹拉锁，碧水无边好放鸥。
待到黄昏月升起，喷泉乐奏晚风柔。

农安剑鹏马城

游兴冲冲入马城，黄龙故地览风情。
骅骝伏枥犹长啸，骐骥扬鬃欲奋腾。
坐骑如今成玩物，沙场早已少骑兵。
当年汗血今何去？蓄锐养精期出征。

农安合隆陈家店村速写

一进村庄犹入城，乡间美景绘纵横。
公园碧树摇晨霭，广场群雕映晚晴。
野趣渐消寻浪漫，诗心留住写峥嵘。
喜看温室青蔬茂，都是智能栽植成。

参观电影《南京啊南京》拍摄基地

斜阳衰草沐秋风，断壁颓垣透血红。
梦魇重回石城上，国仇又卷我心中。
八旬历史真情写，卅万冤魂怒气冲。
基地徘徊思绪远，警钟撞醒白头翁。

丁酉七月朔日醉饮松花江畔江上俱乐部

把酒临风暑气消，面江对饮兴尤高。
清心顿涌千重浪，雅境犹生一片潮。
岸柳如丝牵舴艋，白云若纸写芭蕉。
风流难挽风流住，浊酒三杯块垒浇。

松花江畔听京剧票友女老生倾情演唱

酒酣江畔步蹒跚，晚照初临暑气残。
忽有皮黄传俗耳，竟于街畔作构栏。
清音留客听流水，雅韵融魂醉菊坛。
票友戏迷同击节，依依不舍忘回还。

读 书

读罢春花读夕阳，清茶一盏伴书香。
芸窗增智乾坤大，烛影生辉岁月长。
入耳三声系家国，忧心二字写沧桑。
人生荣辱何须计，万卷楼中览缥缃。

总纂《瑷珲镇志》完稿感怀 二首

(一)

北国名城数瑷珲，志书总纂汗沾衣。
难忘庚子遭俄难，犹叹咸丰失国威。
考献征文心血迸，操刀润笔泪花飞。
百年未负将军愿，父老江东何日归？

(二)

镇志编成块垒浇，瑷珲历史总难销。
复名重把新书写，奋笔犹将特色描。
爱国情怀凝黑水，守疆意识报青霄[①]。
江东远望终留恨，何日旗屯[②]归我朝。

【注】

①青霄：喻帝都、朝廷。（唐）杜甫《收京》诗之二："叨逢罪
己日，洒涕望青霄。"（宋）张元幹《满庭芳·寿》词："朝回处，青

霄路稳，黄色起天庭。"

②旗屯：即江东六十四旗屯，简称六十四屯。

悼念巴彦抗日游击队创始人张甲洲牺牲八十周年

铁马秋风八十秋，英雄一去未回头。

苏城赤帜燃烽火，江北红军聚甲鍪。

率众揭竿因救国，教书隐姓为深谋。

出师未捷身虽死，浩气凌云贯九州。

【注】

①苏城：巴彦苏苏简称。巴彦苏苏，满语意为富裕的村庄。

②1932年10月，根据满洲省委指示，将巴彦抗日游击队改编为中国工农红军第三十六军江北独立师的建制。由张甲洲任师长，赵尚志任参谋长并负责军委工作。

内子腰损留题

丁酉孟秋，内子买花而花遗落，乘车寻花腰损住院，时逢黄宝石婚纪念日，感而赋之。

宝石黄时秋已驰，醉看霜雪染青丝。

金风吹皱容颜老，皓齿丢残步履迟。

只怪寻花楚腰损，却因恋草病床支。

良辰惟祝妻康复，暂藉微群寄小诗。

张庆祥先生戏曲音乐酒会感怀

国粹弘扬铸国魂，传承七代属谭门。
皮黄一曲胜韶乐，锣鼓三挝醉杏村。
美学东方成极致，菊坛诸夏扎深根。
孟秋华竹群贤聚，雅韵悠扬酒一樽。

书赠王志君学友

同窗九载忆当初，浸润丹青笔未疏。
胸有灵犀飞彩墨，眼观胜景绘新图。
一帘山水千秋画，满腹诗文万卷书。
惟愿偷闲擎玉盏，追回总角又何如？

步养根斋先生韵祝贺吉林敦化万人挑战吉尼斯世界记录成功

2017年9月30日上午，延边州文化旅游艺术节暨敦化秧歌民俗旅游节隆重开幕。在敦化六鼎山风景区山门南侧1200米长的金鼎大街沿线上，由12300人组成的秧歌队伍，在欢快激烈昂的乐曲中，向吉尼斯世界纪录发起挑战。最后以11919人的有效人数，成功挑战最多人数秧歌舞吉尼斯世界纪录。

秧歌扭起与谁同？挑战吉尼斯立功。
八月飞花山尚绿，万人载舞队尤红。
彩绸片片连天外，唢呐声声震海东。
六鼎山边激情涌，金风一路化春风。

丁酉中秋丁香诗社部分诗友赴阿城永源镇松林山庄雅集合影留题

金风送爽到山庄，结伴郊行沐杲阳。
酒未醉时先摄影，月方圆日好寻芳。
松林沐雨松千顷，诗苑放歌诗万行。
最是中秋同把盏，因缘全赖紫丁香。

【注】

松林山庄主人龚志华网名松林沐雨。

丁酉中秋单位原领导招饮留题

归田本已少奢求，佳节盛邀同把瓯。
丹桂飘香凝桂魄，金风送喜话风流。
为彰特色修名志，共写佳篇策远谋。
明月映杯溶玉液，一觞一咏话中秋。

庆祝黑水龙吟诗社成立两周年

冰城八月聚高台，不尽书香滚滚来。
月到中秋同把酒，龙吟九域广招才。
大荒立马唐风起，黑水挥毫画境开。
秋菊凌霜香万里，千声雅韵荡诗怀。

赠志友诗友陆奇先生

陆奇先生为北京市社科院原副院长、市社科联原副主席，为余志友、诗友也。先生曾多次为拙著撰写评论。余每有诗词新作从微信发出，便不厌其烦地进行点赞并收藏，令人感动。

志坛结友几多年，京国冰城一线牵。
论著飞来惊黑水，诗词写罢载幽燕。
酒逢寄语惟嫌少，书出撰文犹领先。
微信闲吟蒙错爱，粗言俚句不须怜。

星光灿烂微群举办空中联欢晚会庆祝中共十九大召开

为迎盛会唱金秋，网络联欢兴致稠。
祝福歌传微信内，扬帆劲涌碧波头。
无边喜悦凝方寸，数幅诗书写一流。
今夜星光尤灿烂，电波飞遍古神州。

次韵和吕梁松吟友《来京十五载感怀》

人生一世苦追求，卅二年离巴彦州。
史志编修难自喜，诗书写罢亦多忧。
归田未把初心改，致仕犹将学海游。
眼望松花江水逝，谁来与我驾飞舟？

丁酉重阳感怀

丹枫燃赤吐芬芳，金光万道捆重阳。
登高远望八千里，乘兴歌吟十万行。
菊酒同温霜鬓化，茱萸遍插晚晴长。
征鸿飞起秋光灿，巨舰扬帆正远航！

次韵赠同乡诗友傅杰先生

兴隆镇内识贤君，有幸书林把酒吟。
家国情怀凝邑史，松梅品格铸乡魂。
耽诗千首方操笔，习墨三缸自有神。
喜结鸥盟同唱晚，芸窗展卷沐清芬。

丁酉孟冬任秀峰先生招饮黑龙江辞赋学会筹备组宣告成立

孟冬初雪降冰城，满座高朋把酒擎。
辞赋联姻成挚友，诗歌言志结新盟。
千秋佳作留骈体，一代华章诵两京。
铺采摛文犹体物，同挥椽笔写纵横。

喜闻总纂《〈瑷珲镇志〉感怀》墨迹欲载于志书中

呕心沥血所何求，镇志八篇千古留。
块垒一腔虽未尽，诗书两幅却曾收。
传来样稿心尤喜，看罢图文泪欲流。
遥望瑷珲江上月，挥毫只为载吴钩。

有感《瑷珲镇志》即将付梓

镇志付梓冰涕盈，千锤百炼为求精。
校勘方晓责编苦，考证谁知总纂名。
作罢嫁衣天地叹，留存信史鬼神惊。
眼观黑水东流去，独有江波懂我情。

戏题福生素客茶屋微群开张

结社曾经称素客，缘何独自享其名？
半斤龙井当同品，一缕馨香必劈成。
茶屋无边随客进，微群广阔任人行。
诗词曲赋交流后，室外还须酒半觥。

星光灿烂微群雅集因故未能参加见活动照片有感

未临盛宴览星群，笑语欢歌耳畔闻。
雅集今朝情炽热，相逢此日气氤氲。
兴来犹忆青春事，老去重披红领巾。
返璞归真心未改，举杯同谢董光芹。

优诺博士口腔医牙感怀

优诺门开笑脸迎，春风满面吐丹诚。
接头紧密时间省，导诊殷勤病痛轻。
温水一杯心肺暖，柱钉两颗齿牙明。
老夫始龀七零后，重嚼人生自有情。

【注】

始龀，七八岁儿童脱乳牙，更换新牙之谓也。余今年七十初度，故戏曰"七零后"。

参观在哈滨学院举办问"闪光的足迹，时代的印记"张献根红色经典徽章文化收藏展

特展凝红集锦堂，琳琅满目映霞光。

烽烟弥漫乾坤小，战火纷飞志气昂。

方寸能容华夏史，金银可铸铁铜墙。

百年记忆徽章里，尽把英雄绮梦藏。

应邀参观考察北大仓酒厂助推酒文化叠韵 二首

（一）

品酒当推北大仓，百年佳酿溢芬芳。

君妃把盏千人醉，龙虎登堂满室香。

抗战垦荒曾助阵，劳军赠友倍增光。

一从总理亲尝后，九域家家赞国粮。

（二）

北国名城有酒仓，海山胡同吐新芳。

全家福里存真爱，黑土地中散异香。

何幸将军留美誉，有缘总理赠荣光。

航天员品老枪后，宇宙无边忙种粮。

【注】

君妃、龙、虎、国粮、全家福、老枪等，均为北大仓酒厂酿造的系列名酒。

欣闻《中国名镇志丛书·瑷珲镇志》出版发行

欣闻镇志已刊行，得信双眸热泪盈。

块垒虽消心难静，吴钩长挂夜犹鸣。

悠悠艾浒终留史，浩浩龙江已载名。

嫁衣做罢向谁述，责编与我最知情。

【注】

艾浒，为瑷珲之音译。

写在南京大屠杀八十周年第四个国家公祭日 二首

（一）

滨江翘首望金陵，血泪犹随冰雪凝。

卅万同胞含恨死，千秋记忆伴仇增。

国家公祭民心向，百姓缅怀诸夏承。

面向哭墙来祭拜，年年此日悼亡灵。

（二）

八旬难忘被屠城，记忆回眸犹震惊。

枪起刀飞尸骨碎，血流泪洒路衢横。

从来落后必挨打，自古复兴须抗争。

相信蛇僵心未死，尤防小丑又穷兵。

内子腰伤病愈感怀 二首

（一）

三月加枷痛苦经，卸除桎梏一身轻。

犹看脸上增欣喜，已听家中有笑声。

虽值孟冬春已暖，时交岁末雪初晴。

荣华富贵何须羡，守护平安福自生。

（二）

春风拂面扫愁云，治愈腰椎家务勤。

烧水厨房能洗碗，聊天微信可加群。

偷闲上网玩麻将，到点凝神听叶文。

莳草浇花赏新绿，迎来满室气氤氲。

【注】

黑龙江人民广播电台每天午后4：30分"叶文有话要说节目"内子必听。生病期间，已近三个月未再收听。

冬至节参加阿城金源风2017年年会 感怀 二首

(一)

冬至吟朋聚上京，诗家盛会酒高擎。
古都未觉丹鸡逝，深巷遥看玉犬行。
扭热金源红火火，唱酣黑土绿生生。
东君踏雪归来急，踩响春雷第一声。

(二)

咏雪何须请海陵，金源百里玉龙兴。
诗情滚滚随冬至，笑语声声伴酒增。
歌绕上京惊白雀，韵凝虎水展鲲鹏。
一年一度吟风劲，登上重楼又几层。

【注】

海陵王有咏雪名篇《念奴娇》等词作。金上京原名白城，传说古城盛产白家雀。岳飞利用白家雀腿系硝磺火线，放飞城内，将白城烧毁。

农家吃杀猪菜感怀

丁酉冬至后一日，余应关向东先生朋友张文君之邀，同关向东、韩学礼、王文、仲伟力诸友驱车至哈尔滨市郊新农镇八里堡村农家吃杀猪菜。五花肉、血肠、苦肠、拆骨肉、炖江鱼，炖大鹅，应有尽有。吾侪大碗喝酒，大块吃肉，大快朵颐，一饱口福。颇有放翁"莫笑农家腊酒浑，丰年留客足鸡豚"之感觉，感而赋此。

一去村庄闻酒香，农家年末杀猪忙。
铁锅烧沸烀肥肉，水桶拎来灌血肠。
满桌佳肴盈绿色，无边沃野覆银装。
朵颐大快原生态，情暖三冬日月长。

读2017年中国书坛年度感动人物

书坛护守赖民间，沃土根深草木鲜。
汗滴浇融凝墨水，时间集结汇毫端。
未因生计丢高雅，敢向溪藤写丽篇。
地气接通喷石液，无边砚海筑新坛。

2017年年末抒怀 二首

　　转瞬2017年即将逝去，2018年的大门已经开启。回顾一年来，马不停蹄，夙兴夜寐，焚膏继晷，忙碌异常，无一日稍闲，但却收获颇丰。此乃有一分付出即有一分收获也。一年感悟说不尽，尽付两篇七律中。

（一）

时光如水亦如烟，老骥今犹向远天。
秋月增华时结果，斜阳沐雨尚耕田。
惜分惜秒三更醒，作嫁作衣午夜眠。
文债几多还又欠，鬓边华发暗中添。

（二）

回眸丁酉倍珍怜，归隐何曾安寝眠。
谈史端阳留美誉，倾情黑水纂新篇。
四番论讲齿犹锐，六载增删稿始全。
作序为人苦犹乐，集成校罢泪潸然。

以上作于2017年

五排

选二首

寿诞日因此前曾用过头孢药物医嘱两周内禁酒欲饮不能

生朝逢既望，家宴聚华厅。

本欲开怀饮，同来把酒擎。

医林方走出，药物始初停。

只得听医嘱，不能孤随行。

佳肴因缺酒，美食便无名。

老夫空饕餮，儿女献亲情。

两周熬过后，再饮酒三觥。

2015年7月31日

内子腰伤近两月渐愈感怀

忽报腰椎损，举家魂魄惊。

延医忙诊治，住院保安平。

儿女真情现，夫君老泪盈。

铁枷胸背锁，霜发鬓边迎。

停药家中养，闭门床畔横。

电脑搓麻废，叶文有话停。

厨房炊灶冷，屋舍垢尘生。

每日千呼唤，八周万嘱咛。

凝眸读微信，卧榻看荧屏。

烟草频频吸，蔬羹缓缓增。

病伤今渐愈，腰疾已经轻。

久未闻狮吼，竟然听凤鸣。

起居能自理，餐饮任调烹。

心系家庭事，神操儿女情。

入厨能洗涮，下地可支撑。

心内愁云散，家中暖气升。

待等身痊愈，好朝华夏行。

【注】

　　黑龙江广播电台叶文有话要说节目，每日妻子必听；网上麻将游戏每日必玩。自从腰椎伤后，两项活动已经完全停止。每天只能躺在沙发上看电视、看微信消磨时光。

2017年10月26日

七排

选二首

巴彦一中高中三十五班同学故园相聚感怀 十一韵

卅载离家重返乡，无情松水逐流光。

当年宅舍今安在？昔日孩童鬓已霜。

独有城门迎客远，早无水井立园旁。

老榆树下寻残梦，石板桥头觅旧房。

平地高楼街巷起，通衢店铺茶酒香。

路宽灯亮驱星月，场阔人多舞凤凰。

回首家山惊巨变，凝眸市井叹沧桑。

乡愁万里书三卷，思绪一江泪两行。

兄妹八人今殁二，椿萱两位已无双。

今朝同学重相聚，把酒开怀吐热肠。

年近古稀心未老，一觞一咏亦疯狂。

2015年7月3日

沉痛悼念黑龙江省文史馆员哈尔滨商业大学教授何宏先生

十载相交来往频，黄泉一去最伤神。
去年倒屣迎师友，昨日敲门谈论文。
美食精心推膳祖，集邮沥血做藏人。
丹心倾注道台府，史笔忙书哈尔滨。
画册重编悄吟传，诗词长载北疆春。
金秋九月哭菊谢，翻罢遗书泪满巾。

2016年10月20日

五
绝

选
十
五
首

题《鸟语风荷》画

晨风拂晓雾，荷韵醉清塘。
叶动田田碧，鸟啼淡淡香。

2014年

依韵和马福德先生赠诗

偶尔成新作，挥毫雅兴高。
吟风犹啸月，几欲上重霄。

德璞兄赠君妃酒戏题　二首

（一）

君妃赠与我，顷刻注银杯。
能与君妃醉，一生有几回？

（二）

君妃伴我饮，酒色满金杯。
有酒当须醉，人生有几回？

题贺海生明月冰心糖水店

透骨冰心爽，润喉糖水甜。
养生犹养气，益寿亦延年。

以上作于2015年

频读张英聘女史微信感怀

微信传佳作，荧屏汇锦章。
篇篇皆涉史，阅后忙收藏。

读梅子卿卿《二月二出行》

南国花齐放，北疆花未开。
春花节已到，只盼蛰龙来。

题冰雪山水画三首

（一）

虬松挺古干，大雪漫苍穹。
难冻惟溪水，奔流总向东。

（二）

寥廓高天远，苍茫玉宇寒。
莽榛绕溪水，茅屋笼炊烟。

（三）

琼瑶缀玉宇，冰雪傲苍穹。
寒水犹生热，皆融笔墨中。

观冰儿女红有赠

冰心凝雅韵，巧手显神工。
把酒吟风绿，操针绣女红。

为邵柏诚小朋友题嵌名诗

古邵金猴降，石河幼柏生。
扎根西域内，护国献丹诚。

梦忆西湖

莫道西湖远，犹看柳浪生。
只因诗涌翠，耳畔起莺声。

口占赠蓝色梦中雨 (李跃贤)兼赠水边风荷 (韩文莲) 二首

(一)

好雨知时节，梦中乃发生。
兴安蓝色夜，绰尔涌诗情。

(二)

欣逢梦中雨，巧遇水边荷。
绰尔同牵手，兴安共放歌。

以上作于2016年

七绝

选四百三十五首

赠双城长发经典文化学校校长赵长发

雪传诗柬倍晶莹，千载唐音自有情。
童子吟哦学堂里，满园雏凤起新声。

2012年

癸巳仲春和双山兄《早春写意》十首

迎 春

含情飞雪落双腮，化作云笺任剪裁。
又是一年春到早，诗囊大敞顺风开。

游 春

欲把诗书寄老身，畅游学海始知真。
方塘半亩生清水，浮上心头一片春。

写 春

每到元辰大写春，纸红墨黑赤情真。
知时好雨随春降，落入心扉早扎根。

留　春

欲把句芒深处藏，春寒过去未知凉。
绿肥红瘦香消处，桃李满园同品尝。

送　春

绿柳摇风百草萌，红泥深处总含情。
携来浓荫铺天地，烟雨迷濛踏远程。

盼　春

何时暖日照阳台，骀荡东风盼早来。
北国仲春犹降雪，银花朵朵费诗才。

祈　春

为盼春光盼鸟鸣，心中绿意已先萌。
何畏东君来得晚，一夜花开五国城。

怨　春

句芒何故影徘徊，脚步姗姗犹未来。
心急诗家忙唱和，吟成春色一刀裁。

问　春

冬去多时春未归，寒江残雪盼朝晖。
无情冷酷虽难散，心底桃花已迸飞。

思　春

满腹诗情急欲抛，三番两次总相交。
愿将春雪化春雨，染绿眉梢与树梢。

次韵和毗陵泊客《柳絮》

柳荫初晴日影斜，无边丝絮若飞花。
白云追逐知何去，洒洒飘飘到水涯。

感　时

节过清明春未归，阴晴不定与时违。
天公何故颜常变，三月三犹乱絮飞。

吉林通榆墨宝园观全国少年儿童书法展览馆

墨宝园中笔墨横，书香滚滚向兰亭。
英雄自古少年里，雏凤清于老凤声。

冰城两日雾霾笼罩初晴感赋　二首

（一）

何故冰城笼雾霾，街头车辆已难开。
欲呼大圣从天降，铁棒高挥扫尽埃。

（二）

两日冰城始露晴，金乌心底又重升。
只缘来了孙行者，驱散妖氛玉宇清。

祝贺《红叶情怀》付梓

红叶染红千座山，夕阳尽抹韵无边。
人临耄耋心犹赤，一寸诗章一寸丹。

山 行

谷深林密醉青岚，小径直盘云岭间。
山内尤多负离子，鸟声啼碎绿阴天。

清明节后天气变幻无常

节过清明春未归，阴晴不定与时违。
天公何故颜常变？三月三犹乱絮飞。

焦点访谈披露名酒绝大多数为勾兑酒

调酒师能使妙招，添香增味技尤高。
从来美酒多勾兑，舍去虚名喝小烧。

癸巳夏泛舟镜泊湖 四首

（一）

清波荡起鬓犹斑，镜泊云游去又还。
一次一会新感觉，千秋不老是湖山。

（二）

镜泊曾经几次游，乘舟今又泛中流。
一樽诗酒一回醉，醉倒湖山不掉头。

（三）

波平浪静起云烟，百里湖光映碧天。
出浴红罗今遇雨，风吹玉臂早生寒。

（四）

吊水楼前兴最酣，聚焦跳水看奇男。
纵身飞跃三千尺，疑是银龙落碧潭。

癸巳梦秋通榆采风绝句四首

墨宝园

嘉苑玲珑笔墨酣，一行碑刻一行天。
纵横交错石生热，蛇舞龙腾呈大观。

向海自然博物馆

栩栩如生向海边，展厅虽小鸟虫全。
明眸振翅犹啼叫，生态家园绘大千。

向海古榆

虬干横斜遮蔽天，条条红布结神缘。
古榆本是菩提树，荫庇尘寰几百年。

向海泛舟

划碎温柔划碎天，轻舟驶入我心间。
如痴如醉清波里，泛起诗情湿玉笺。

癸巳仲秋牡丹江畔赏月

玉盘彷佛落轻舟，无语寒江水静流。
灯影如珠二三里，清波摇碎一轮秋。

依韵和溪上人

岭南九月柳风青，访友鹏城愿已成。
佳酿一樽人半醉，两行浓墨解微醒。

和深圳知否诗友

吟坛早已慕芳名，幸得荔园诗酒迎。
南国三秋犹滴翠，落将杯里倍清莹。

题明水神泉印

昔闻明水有神泉，今日神泉印上镌。
铁划金钩接天地，吉尼斯界史无前。

烂尾楼

矗立街头十几秋，无人过问惹人愁。
乘车每看城中景，何日能消烂尾楼。

以上作于2013年

题盛君《血魂》牡丹图

傲骨凌风天地吞，丹心绘就气雄浑。
千秋佳色谁堪比，血浸炎黄壮国魂。

酒歌 二首

爱情蜜方酒

琼浆热血两交融，并蒂花开映日红。
不老风情浓似蜜，一斝一笑百年中。

家庭生日酒

年年岁岁手相擎，琴瑟和谐共奏鸣。
华诞交杯心欲醉，一斟一酌总关情。

祝贺王金先生《拾荒集》出版

一卷拾荒擎北天，盈腔热血注新编。
人生况味谁知觉，浅唱低吟犹自诠。

有感联合国中文日

2010年，联合国新闻部宣布启动联合国语言日。这一新倡议，旨在庆贺多种语文的使用和文化多样性，并促进六种官方语言在联合国的平等使用。其中，新闻部之所以将中文日定在农历二十四节气之"谷雨"，是为了纪念"中华文字始祖"仓颉造字的贡献。

六种语言①尤特殊，神州魅力世间无。
年年谷雨中文日，犹忆仓公造字初。

【注】
①阿拉伯文、中文、英文、法文、俄文和西班牙文是联合国的六种正式语文。

答素客诗友王福生兼呈梅翁

神州一夜紫丁开，不尽花香滚滚来。
最喜梅翁重莳种，根深叶茂长成材。

土库曼斯坦向中国赠送汗血马

天马行空越汉唐，奔来一路向疆场。
千年汗血难流尽，华夏今重见骒骝。

下榻鹤岗清源湖专家接待中心

小湖坐落半山湾，草木葱茏映碧天。
除尽喧嚣闻鸟语，专家难得一时闲。

夜游鹤岗公园

弯月一牙斜挂天，满园灯火夜斑斓。
电瓶车载游人过，广场市民忙走圈。

参观鹤岗孟祥顺美术馆

鹤岗籍画家孟祥顺为著名画家范曾入室弟子，以画虎闻名画坛。美术馆展出其虎画作品多幅，其中有几件巨幅画作系与范曾合作。

虎啸声声满画厅，惹人陶醉是丹青。
忽然猛兽添双翼，助力原来是范曾。

鹤岗博物馆设计方案专家论证会
在清源湖专家接待中心举行

专家云集在清源，引玉抛砖各献言。
方案从来须论证，刍荛一句入琼轩。

名山镇江红村晚宴

舍舟登岸聚江村，夕照飞来落满樽。
美酒渔歌同唱晚，清风朗月醉诗魂。

春 和

春光妩媚惠风和，绿树成阴鸟唱歌，
芳草无边白云矮，抓来一片入筐箩。

清廉歌

黎元自古盼清廉，万里神州惩腐贪。
老虎苍蝇一起打，开封府上见青天。

戏题景峰墨虾图 二首

（一）

两两三三戏水中，螯须相绕各西东。
齐璜休道偷其笔，墨浸华笺总不同。

（二）

水中嬉戏意从容，淡抹轻涸妙趣浓。
休怪螯须无亮色，活虾那个一身红。

审阅《中国边疆史地丛书》感怀

审读丛编近十年，边疆史地结成缘。
东西南北书观遍，始信舆图已不全。

错认文友戏赠

半路奇逢一娉婷，春风吹过顿生情。
似曾昔日伊人现，无奈相呼不应声。

赠李绍楠女史

图书审校十来年，诚信当称李绍楠。
一稿呈交忙付费，索酬不必两三番。

内子减肥成功戏赠

粗茶淡饭节三餐，只为细腰辞饫甘。
晓镜忽惊云鬓改，难分瘦燕与肥环。

【注】

饫甘，代指美食。

和双山雅赠步原韵和之

皮黄一曲喜拖腔，墨沛杜康装半缸。
腹大惟嫌书府小，减肥腾空载诗章。

再和双山《赠长铗归客》

为人做事不装腔，烈酒浓茶各半缸。
肚大能容天下事，只因学浅少华章。

和双山《再赠长铗归客》

一腔热血属炎黄，雅韵频敲学宋唐。
学海无边天地小，古今中外待收藏。

和风雪夜归人《赠止观斋主》

灵感需从生活来，民情国步载清斋。
路行千里书万卷，摘片白云凭手裁。

闻孙子唤爷爷声

燕语莺歌入耳鸣，童音带露水灵灵。
清醇明澈滋心肺，化作甘霖染鬓青。

甲午孟冬原玉和徐双山《无题四首》

（一）

攀越书山未觉难，芸窗晨读早忘寒。

平常最喜二黄曲，板眼分明不乱弹。

（二）

听雨临窗望屋檐，行行滴水似长髯。

柳风摇绿晴空后，秀色盈门入眼帘。

（三）

学海徜徉何畏难，著书立说赖丛残。

冬来清客尤怜雪，铁骨冰心不觉寒。

（四）

坦荡襟怀似白云，性愚从未敢超群。

自从挚友身亡后，世上纷争不想闻。

以上作于2014年

甲午暮冬原玉和徐双山《竹枝词六首》

（一）

光阴莫道快如梭，一 夜春花漫岗坡。
采朵玫瑰赠情妹，红云两片醉阿哥。

（二）

一曲凤求凰共鸣，诗传红叶亦含情。
涟漪掀起春波荡，口里忙吟仄仄平。

（三）

纤纤玉指拨瑶琴，一曲清歌入竹林。
流水高山今共醉，知音何必再搜寻。

（四）

燕子衔春又北飞，折枝柳笛把歌吹。
清音传去悄悄话，试问阿哥几日归。

（五）

青梅竹马未模糊，梦里犹将发小呼。
串串相思成玉琏，泪花坠落变珍珠。

（六）

莫云老朽是情痴，读罢竹枝忙赋诗。
还我青春还我爱，怦怦心跳几人知？

次韵谢梅翁雅赠

迎春黑水奏胡笳，老树如今发嫩芽，
放眼兴安千顷绿，吉羊唤出好年华。

联　句

如今老柳发新芽，雪里迎春织彩霞。　（徐双山）
一夜东风苏万物，白山黑水涌芳华。　（柳成栋）

杭州　三题

曲院风荷

西湖游览值寒冬，花未开时客亦空。
独有诗联藏雅韵，清吟犹可沐荷风。

岳飞铜像

铜铸身躯铁铸肩，双眸炯炯望湖山。
手持长剑心朝北，犹欲督军歼敌顽。

瞎子阿炳

冷月秋风鸣素弦，清音凄婉最堪怜。
冰心玉骨魂销处，天籁飞来入二泉。

原玉和张景峰《记两位二胡演奏家》刘天华

良宵一曲送时阴，烛影摇红鸟语林。
欲使光明驱月夜，悲歌起处病犹吟。

【注】

诗中分别嵌有刘天华十大二胡名曲中的《良宵》（《除夜小唱》）
《烛影摇红》《空山鸟语》《光明行》《月夜》《悲歌》《病中吟》七
首乐曲。

遗 嘱

生命难超一百年，期颐能达已安然。
清风明月魂销后，诀别休忘奏二泉①。

【注】

①二泉：指《二泉映月》乐曲。

徐双山评语：惟心胸豁达、笔力千钧，看破红尘、洞明世相者，方能以诗立遗嘱，庄重而不失诙谐，蕴藉而自得风流。读柳兄之作，即生此感也。

乙未清明杂咏 七首

(一)

惠风和畅草萌青，燕子衔春落院庭。
细语呢喃人醒早，新巢孵出小精灵。

(二)

清明难得雨初晴，插柳栽杨郊外行。
为使家乡生态好，年年植绿绘葱青。

(三)

春风拂绿碧云天，扎起心情放纸鸢。
遥望高空三万尺，神舟招手欲同还。

（四）

放飞梦想净心灵，追逐春风忙踏青。
绿意袭来情万缕，歌声犹伴鸟虫鸣。

（五）

春风浩荡扫尘霾，绿意无边谁剪裁。
朗朗乾坤逢盛世，清明早已筑高台。

（六）

雨雪飞来老泪横，清明一到总伤情。
纸钱烧尽心难尽，思念又随春草生。

（七）

慎终追远寄深情，为国捐躯必载名。
庚子年来涌先烈，勿忘同样数英灵。

【注】

　　清道光二十年（1840年），岁次庚子，鸦片战争爆发，从此为中国人民解放事业、反抗外来侵略、民族压迫而捐躯的中华儿女，都应视为革命先烈。由毛泽东起草、周恩来书写的《人民英雄纪念碑碑文》已明确指出，从一千八百四十年起，为了反对内外敌人，争取民族独立和人民自由幸福，在历次斗争中牺牲的人民英雄们永垂不朽！然而现在革命烈士的确定，以及清明祭祀活动大多只局限于五四运动以后牺牲的共产党人士，未免使那些为中国人民解放事业、反抗外来侵略、民族压迫而捐躯的各界英烈寒心。

乙未立夏后一日寄赠客居日本友人　三首

（一）

万里云天一梦遥，樱花无语影萧寥。
问君何日冰城返，把酒同将块垒浇。

（二）

清明风雨浸黄昏，冷月无情锁羁魂。
短信一条飞过海，心灵深处总留痕。

（三）

莫笑愚兄鬓已霜，情丝犹系紫丁香。
冰城五月花开后，好与梅君共把觞。

刘翔退役感怀　三首

（一）

驰骋沙场十九秋，飞人一度最风流。
世间哪有常胜者，褪去光环亦自由。

（二）

带伤退役莫神伤，奥运夺金已放光。
只为中华新崛起，跨栏百米压群芳。

（三）

进攻退守气从容，三十功名一瞬中。
绝顶登临步应止，群山笑藐傲苍穹。

乙未孟夏原玉和双山吟友《春雨》八首

止观斋主徐公双山，一场《春雨》，淅淅沥沥，连续下了三场八天（章），虽然停止，余犹觉诗兴未尽，遂狗尾续貂，依原玉凑成俚语八章呈上，聊博一粲耳。

（一）

梅柳生辉映锦霞，心中春色已萌芽。
甘霖遍洒山花漫，绿透清明雨后茶。

（二）

燕子衔青返旧家，春泥啄尽梦如纱。
应时好雨随风降，良种播完忙插花。

（三）

清明时节话桑麻，杜宇声中迎日华。
夜半池塘蛙鼓响，一帘幽梦早生芽。

（四）

细雨濛濛洒万家，岸边早树已催花。
多情最是春江水，一夜潮生没竹笆。

（五）

雨落树根和树杈，堤旁小贩卖鱼虾。
春江水暖潮初涨，如织游人竞看花。

（六）

潇潇雨歇喜初晴，杨柳枝头闻鸟鸣。
岸上船归忙摘网，开江鱼宴满冰城。

（七）

万物复苏清气呼，江城小雨润如酥。
随风入夜难成寐，绿叶青枝挂水珠。

（八）

如油春雨亦如金，上善须存若水心。
甘露惟期菩萨洒，人间佛国两情深。

原玉和徐双山《读书日留题》 二首

（一）

万卷家藏未觉贫，心中少有一丝尘。
回眸往事终无悔，为学作诗先做人。

（二）

林泉归隐岂踟蹰，躲进芸窗几个如。
纵有悲欣惟自解，酒痕墨渖任吾涂。

祝贺天石书画艺校创办三十周年

石破天惊卷巨澜，冰城艺苑迩遐传。
诗书画印相融处，桃李芬芳花满园。

哈尔滨立夏天气感怀二首

（一）

节令缘何变化忙，冰城气候总无常。
一场骤雨狂风后，忙着秋装褪夏装。

（二）

时交三月本多情，最喜冰城绽紫丁。
一夜狂风连骤雨，满街都是苦寒声。

庆祝哈尔滨市文友联谊会成立一周年

吟朋文友聚冰城，雅韵清词逐浪生。
联谊一年迎盛典，丁香结上系诗情。

德璞兄海南归来于小豆倌酒店招饮口占

候鸟归来柳泛青，椰风万里拂冰城。
旧雨新朋重相聚，共叙半年离别情。

乙未孟夏观丁香诗友阿城金龙山采风作品 四首

(一)

金水金都金上京,金龙山上举吟旌。
金源故地诗潮涌,淹没群峰犹未停。

(二)

丁香诗友上京行,结伴联吟涌激情。
一夜春潮化诗酒,海陵邀来酒同擎。

(三)

孟夏初交忙踏青,群峰染绿鸟争鸣。
惊看春雨湿红处,一卷诗成最水灵。

(四)

囊携诗酒袖携风,布谷声中踏碧丛。
惹醉豪情春染绿,满山尽看杜鹃红。

有感内子与同学微信聊天

一别故园相见难，老来最忆是华年。
聊天聊得人心醉，友谊全凭微信传。

读双山《也送轻舟之内蒙口占》戏赠

驴友从游莫怕多，此行何不带阿哥？
梦中同把呼伦去，吃罢全羊好对歌。

酒禁解除开怀畅饮

酒禁难捱近卅天，玉杯空置实堪怜。
今宵方可开怀饮，欲邀谪仙陪我干。

依玉良学兄《戏赠成栋晨练》原韵奉和

缓步轻松入小园，健身何虑腹便便。
皮黄听罢吟兴起，作势装腔乱打拳。

祝贺中国女排十一年后重获世界冠军

铁拳出击战东瀛，重振雄风举世惊。
一球打得地球转，王冠复获泪纵横。

祝贺李小菊演出京剧《玉堂春》折子戏成功

中秋唱响玉堂春，一袭红裙映丽神。
剧照观完复观戏，冰城张派有传人。

步梅子卿卿《中秋》原玉 二首

（一）

拂去心头一片霜，岭南塞北月同光。
今宵有酒须同醉，秋色斟来润肺肠。

（二）

月色刷开两鬓霜，中秋节夜沐柔光。
轻舟载酒家山去，万缕乡愁压断肠。

题梅子卿卿佩戴新购玉琏小照

寒露来临未觉寒，金风犹点绛唇丹。
购来玉琏胸前挂，修颈如鹅秀可餐。

题子菲与闺蜜聚餐小照

谁信人逢天命年，依然秀发坠双肩。
一杯红酒微酣处，素手犹将闺蜜牵。

读双山《油城雅聚赠田野风及诸友》得句

冰城诗友赴油城，重九登临酒一觥。
田野风吹秋月爽，轻舟载过韵纵横。

喜闻五常大米保卫战开始

大米芳名四海扬，满街尽涌稻花香。
鱼龙混杂谁来辨，打假军团上战场。

乙未仲冬赴运城雪阻京华纪事　六首

（一）

路阻京门客不前，机场封闭锁航班。
何人供我挥长帚，大雪清除好上天。

（二）

燕京雪阻误征程，一日停留坐大厅。
五次三番改签后，最终还是未成行。

（三）

霏霏霪雪未曾停，客羁京华心已惊。
幸好夜深巴士到，湖湾投宿在昌平。

（四）

夜深辘辘响饥肠，踏雪街头觅食坊。
灯火阑珊酒犹热，砂锅豆腐暖心房。

（五）

雪霁尤欣天放晴，整装正要向西行。
忽传今日航班废，无奈换车奔运城。

（六）

时值孟冬来运城，艰辛历尽意难平。
世间坎坷路多少，记忆铭心是此行。

抢红包

自从学会抢红包，微信群中破寂寥。
一角一分休怪少，指尖底下涌诗潮。

台　灯

柔光一缕映芸窗，夜半犹融万卷香。
今古神游天地远，心中冉冉起朝阳。

闻某诗社因领导相斗组织解体刊物停刊 三首

（一）

何故因诗苦斗争，互相诽谤太无情。
偃旗息鼓停刊后，从此玩家不结盟。

（二）

吟诗名利一边扔，拈韵只因存性情。
欲斗何须进诗苑，争战场中比胜赢。

（三）

诗人何苦自多情，佳作任人来品评。
待到百年回首看，人名不靠靠诗名。

以上作于2015年

长白山三题

日暮观长白山

银光闪烁傲苍穹，长白尽融银色中。
日近黄昏奇景现，夕阳一照满山红。

长白山夜

天青月白岭朦胧，点点繁星缀夜空。
万籁无声长夜静，惟听瀑布吼寒风。

长柏松

亭亭玉立傲长空，翠叶盈枝缀雪淞。
一阵清风吹落后，美人依旧露真容。

【注】

长白赤松，又称美人松。

次韵梅子卿卿《山中灶台》三首

（一）

公子王孙远足来，野蔬山果自安排。
可怜忘却携炊具，空对前朝老灶台。

（二）

疑是神仙下界来，林阴夹道一排排。
当年遗迹今犹见，盛宴曾留古灶台。

（三）

和诗频发岭南来，四辑成编雅韵排。
公子如何不斟酒，辜负深山老灶台。

题赠哈尔滨淘渊明科技股份有限公司

碧水青山树万行，天蓝云白土优良。
无边绿色铺心底，塞北桃源第一乡。

读张明艳《鹧鸪天·长白山十六峰》

雅韵铿锵气势雄，鹧鸪一唱起长风。
谁教素手挥椽笔，写尽神山十六峰。

三亚丢帽戏题答福生 二首

（一）

卸甲丢盔日影斜，崖城会友忘回家。
乌纱飞落云天外，梦里依稀向海涯。

（二）

满头华发着霜花，夕照无边映晚霞。
休致虚衔何用有？只期鸭舌挡风沙。

忆旧游儋州石花水洞 二首

乙未仲冬，余游儋州石花水洞时，游人稀少，仅余一人。丙申春节期间，景区人流如潮，感而赋之。

（一）

去冬水洞未虚行，独自观瞻脚步轻。
美景从容随意赏，石花开处涌诗情。

（二）

儋耳隆冬景亦娇，公园偏却客寥寥。
一从大地东君降，石洞回春客似潮。

赠石花水洞导游黎广阔 二首

（一）

仲冬琼岛走天涯，只为猎奇看石花。
一梦兰舟游洞外，桃源误入不思家。

（二）

雪泥鸿爪际无涯，顽石千年竟绽花。
人世有缘奇遇得，海南美景带回家。

志远孙上学将玩具汽车悉数送与爷爷家中保管 二首

（一）

孙子汽车多又多，排成一流汇成河。
如今上学车闲置，送与爷家载逝波。

（二）

孙子汽车堆如山，如今早已半休闲。
集中要与姑姑换，犹说车多不找钱。

题苍松雪雾图

雪雾弥茫漫远天，苍松挺立势昂然。
涓涓溪水村旁过，春色已流心里边。

戏赠梅子卿卿

君爱桃花胜爱美，美人我爱胜桃花。
桃花美色人皆爱，人撷桃花同到家。

和梅子卿卿《自嘲》

春风北地总来迟，莫是东君有预知。
休怪诗家多好色，花痴不作作情痴。

再和梅子卿卿《自嘲》

回暖林园好赋诗，东君昨日已通知。
满坡桃李争春色，一片相思上树枝。

题内子同学音乐相册

翻开影册忆华年，往事依稀泪泫然。
卅载同窗人渐老，流光逝水入心田。

志远孙经典语录集锦 二十首

不要操纵我人生

志远孙常听奶奶说长大要干啥干啥，如何如何。孙子不耐烦地说："不要总是操纵我的人生。"

一句童言最动听，勿来操纵我人生。
儿孙自有儿孙福，命运还须自己争。

我要当名美食家

志远孙常吃爷爷做的饭菜，称赞不绝，说道长大也要当美食家。

幼小心灵一朵花，舌尖味蕾众人夸。
一天吃罢爷烹炒，长大争当美食家。

愿意和爷爷奶奶一床睡觉

星期日志远孙来爷家玩耍，晚上偏要与爷爷、奶奶三人挤在一张床上睡觉，不愿分开。

星期日里乐天伦，孙子送来玩耍频。
乐与祖孙一床挤，三人搂住不离身。

未来诗人柳志远

志远孙见爷爷写诗，一旁言道：现代诗人柳成栋，未来诗人柳志远。每背诵爷爷诗作作者还要署上自己名字。

现代诗人有我爷，将来我也做诗家。
爷爷诗作名同署，自语自言犹自夸。

我是柳家第几代

志远孙常以自己姓柳为荣，并时常将柳氏族徽佩戴胸前炫耀。听说爷爷参加全国柳氏宗亲会未领他去，责怪爷爷说："我也是柳家后人，怎么不领我去？"并时常问爷爷自己是柳家第几代人。

每言柳姓最欢欣，且把徽章佩在身。
提起宗亲会间事，爷爷何故不携孙。

全家人在一起过年才有家的味道

除夕夜，阖家团聚，倍感温馨，志远孙说全家人在一起过年才有家的味道。

阖家欢聚最开心，红包揣进小孙身。
口内犹呼家味道，一言唤醒满堂春。

年 轮

奶奶抚摸志远孙小手说你的手多细嫩，你看奶奶的手和脸全是皱纹。孙子答道："奶奶那是年轮。"

奶奶面庞生皱纹。孙孙说那是年轮。
问孙身上咋无有，对答树苗才扎根。

龙凤胎

志远孙堂姑怀孕，奶奶问道是男孩、女孩？志远一边答道："龙凤胎"。

孙子听姑把孕怀，忙拉手要小乖乖。
大人问是男和女，开口便言龙凤胎。

没有国来哪有家

每提社会主义核心价值观，志远孙便将其背得滚瓜烂熟，脱口而出，并时常说"没有国来哪有家？"

家国情怀生幼芽，核心价值已开花。
口中常把名言讲，没有国来哪有家。

千万不能忘记南京大屠杀

一提起南京大屠杀，志远孙便咬牙切齿，对日本侵略者恨之入骨，并言千万不能忘记南京大屠杀。

每提日寇恨朝天，双眼发光怒火燃。
拉住爷爷将话说，南京屠杀记心间。

历时曾有戚家军

志远孙在幼儿园学前班学习时老师讲过戚继光率领戚家军抗击倭寇的故事，志远回家后便经常对爷爷讲起戚家军抗击倭寇的历史。

民族英雄戚继光，金戈铁马战沙场。
戚家军队抗倭事，面对爷爷讲述忙。

唐朝文学家名叫柳宗元

志远孙从课本中学到柳宗元的《江雪》一诗后，便对爷爷讲他知道唐朝有个文学家名叫柳宗元。

柳氏门中常溯源，最常说是柳宗元。
名家艺苑知多少？讲述从来不觉烦。

人要做点有意义的事

志远常说人要做点有意义的事。见到爷爷藏书多，便让爷爷捐书给贫困孩子。爷爷说准备留着给你，志远说那你就捐一半给他们。

人生意义不寻常，幼小年龄有眼光。
爷爷藏书万千册，应捐些给读书郎。

我妈爱吃

志远到爷爷家，遇到好吃的东西后，总不忘记给妈妈带回一些，于是马上装进拎兜内，并说这是我妈妈爱吃的东西。

小孙每次到爷家，美味吃完未忘妈。
揣在囊中犹自语，我妈爱吃就是它。

我要为爷爷奶奶尽点孝心

为爷捶背又揉肩，身后身前忙一团。
口内犹言多尽孝，爷爷心里比糖甜。

我要学习两个人

志远常说我要学习两个人，一个是雷锋，一个就是爷爷。

学习模范对人说，两个人堪做楷模。
一学雷锋做好事，二如祖父读书多。

不让爷爷奶奶做空巢老人

手牵爷手把天聊，唠罢小嗑兴致高。
一句童言尤有理，老人不要守空巢。

撒谎不是好孩子

志远常说做人要讲诚信，答应妈妈的诺言必须遵守，并说撒谎不是好孩子。

处事为人守诺言，诚实守信不能偏。
对妈说过莫撒谎，表里如一好少年。

长大当名企业家

长大当名企业家，人称柳总众人夸。
公司创办好行孝，宝马车承爹与妈。

一一〇，叶文骂人了

志远到爷爷家，经常赶上奶奶在听"叶文有话要说"节目。遇到叶文恶言冷语，便要给110挂电话报警，说叶文骂人了。

叶文节目入家庭，奶奶每天最爱听。
一遇伤人出恶语，便言报警一一〇。

题李小菊冰城暮春之初松花江畔着绿呢大衣玉照

冰城四月盼春归，寒柳疏枝未吐丝。
昨夜东君江畔到，绿衣一袭合身披。

题拙荆杨氏丽华着旗袍玉照 二首

（一）

旗袍一着顿生晖，只见端庄不见肥。
何故凤冠今未戴，怕人误认是杨妃。

（二）

雍容典雅好身围，体态丰盈未觉肥。
若是凤冠头上戴，明皇亦信是真妃。

兴安杜鹃 二首

（一）

莫道北疆春到晚，昨宵天女降兴安。
只因长袖轻轻抖，万紫千红坠满山。

(二)

谁云北国少春天，昨夜东君早复还。
仙气一吹花万朵，杜鹃红透小兴安。

题水煮红尘 (吴边疆) 摄龙江第一湾

忍看龙江第一湾，岛圆心内总难圆。
暂将美景存青史，留待他时好复还。

故乡吟二首

开花砬子

壮岁几回登岭巅，石山裂瓣美名传。
神工鬼斧谁人造？砬子开花向碧天。

骆驼砬子

对峙双峰向碧空，以山为界隔西东。
昂首朝天奔大道，欲载乡民脱困穷。

丁香微群听阅红居士（王福生）谈《红楼梦》诗词戏赠 四首

（一）

微信圈中常露头，开言每每说红楼。
惊人记忆谁堪比？倒背诗词如水流。

（二）

丁香芳气浸红楼，秀口张开语未休。
周汝昌如今在世，依然称尔为王侯。

（三）

欲说红楼我害羞，时光荏苒几春秋。
未看五遍言休发，三绝韦编重上楼。

（四）

丁香群是大观园，一部红楼尽敞轩。
歌赋诗词若泉涌，雪芹听罢已无言。

手机微信传来兴安杜鹃盛开图片感赋 五首

(一)

四月暮春迎日华，杜鹃花放满山洼。
眼观微信深呼吸，阵阵芳香已到家。

(二)

如火如荼金达莱，繁花一夜竞相开。
微群好友传佳景，沁脾馨香滚滚来。

(三)

万物回苏欲换装，氤氲花气笼山冈。
祝融昨夜方挥手，大小兴安燃火光。

(四)

兴安四月荡春风，吹醒青山几万重。
昨宵天女散花处，满山尽是杜鹃红。

(五)

杜鹃满岭映云霞，锦绣河山锦绣花。
禹甸无边三万里，欲将美景送天涯。

祝贺黑龙江省文坛诗友联谊会暨楹联创作基地成立两周年

冰城四月吐芬芳，彩笔高挥画卷长。
只为两行文字梦，墨痕润透紫丁香。

戏题高跟鞋 三首

(一)

亭亭玉立自生娇，楚女柔姿赖细腰。
体美何须增外力，身高不必脚跟高。

(二)

风吹杨柳摆蛮腰，脚步轻盈亦自豪。
最是令人忧虑处，突然路上起狂飙。

(三)

莫求玉立莫求高，体健何须恋楚腰。
少女若嫌己身矮，街头快去踩高跷。

赠回眸一笑 <small>(孙海岩)</small>

芳名读罢忆江州，长恨歌中佳句留。
微信开通浮倩影，回眸一笑足千秋。

叠韵咏芍药花 二首

（一）

冰城孟夏醉芳丛，芍药花开映日红。
最是昨宵淋细雨，纤埃涤尽沐晨风。

（二）

小园漫步赏花丛，一片芳菲粉透红。
碧叶无边心映绿，婆娑倩影拽清风。

陆伟然先生讲授诗词课题赠

唐音宋韵响冰城，教室高吟仄仄平。
十万大山人气旺，八旬依旧作先生。

【注】
陆伟然先生别号十万大山之子。

六一儿童节观志远孙参加儿童运动会

雏燕低飞雏凤鸣，成群结队踏歌行。
小苹果里载童趣，唱得满城杨柳青。

丙申端阳时节哈尔滨风雨大作，冰雹交加　三首

（一）

五月端阳气象殊，时晴时雨倍清舒。
天公何故龙颜怒，抖落银鳞变玉珠。

（二）

冰城五月忒矫情，变化无常阻客行。
骤雨夹雹自天降，玉盘飞落坠琼英。

（三）

郊外田园正返青，无边绿意水灵灵。
冰雹突降佳禾泣，砸碎丰收不忍听。

题岁寒公子毓剑阁玉照

蓉城弱女胜天骄，敢与剑门关比高。
纸扇一挥天地动，巴山蜀水涌诗潮。

题赞大庆市天宝公司生产啤酒助滤剂

百城湖里涌清泉，天宝声名遐迩传。
助滤剂添啤酒爽，雪花喷洒入心田。

志远孙荣获"金话筒"称号

雏凤清音入耳鸣，山泉流韵一声声。
百灵听罢羞无语，话筒从今不敢争。

为五常市燕窝岛渔村题诗

林阴把盏笑声喧，碧水蓝天柳浪翻。
御米鲜鱼人醉后，世间始信有桃源。

应邀参加牡丹江荷花文化节列车晚点戏作

列车晚点欲何求，远望斜阳独自忧。
心急担心花早落，芙蓉不见使人愁。

冰城早晨街旁公园散步 四首

（一）

晨兴漫步踏林阴，雨霁天晴汗水侵。
秀口张开忙吐气，诗词一首自高吟。

（二）

天清气朗草如茵，树影婆娑花影亲。
一部收音机手握，听完京剧听新闻。

（三）

杨柳街旁晓月沉，林阴路上走人群。
昨宵雨洗乾坤净，心内全无半点尘。

（四）

万卷缥缃万里途，书斋社会两相扶。
春花秋月风情涌，夕照无边不觉孤。

暑夜听雨 四首

（一）

细雨绵绵入梦频，消残暑气亦安神。
忽闻南国江河涨，谁料伤亡多少人。

（二）

暴雨接连何日休？江河水势挂心头。
毁堤决口何曾惧，将士出征神鬼愁。

（三）

霪雨霏霏难入眠，夏天美景已阑珊。
令人最是忧心处，剩片相思坠哪边。

（四）

雨打池塘菡萏残，独留岸柳守雕栏。
落花流水寻诗处，洇透华笺泪已干。

奉和养根斋喜得《岫岩玉璧》原韵

宝玉深藏千万年，一朝竟得地摊边。
无家环璧今归主，慧眼识珠因有缘。

三伏冰城酷热难捱感赋 四首

（一）

莫道冰城有夏都，谁知三伏是蒸炉。
浑身热汗融浓墨，洇透云笺好著书。

（二）

室内蜗居为纳凉，缘何夜短昼偏长。
一杯龙井难消暑，热气吹开两扇窗。

（三）

驱热家中晾白条，一身肥肉任妻瞧。
微机写稿未停手，仄仄平平二指敲。

（四）

袭人热浪绕身边，最是难熬七月天。
若到龙江来避暑，银鹰直驶大兴安。

七夕 三首

（一）

夏去秋来暑气消，鹊桥搭起度良宵。
佳期如梦情如水，心底诗潮逐浪高。

（二）

银汉迢迢度鹊桥，相逢未觉路途遥。
金风玉露交融处，似水柔情化碧涛。

（三）

欲要相逢必有期，人间何必盼七夕。
一朝美景良宵至，定是巫山云雨时。

祝贺中国女排荣获奥运会世界冠军叠韵 四首

（一）

赛场驰骋十馀秋，中国女排属一流。
重振雄风拼杀去，铁拳挥动撼全球。

（二）

赛场征战卅馀秋，重返奖坛双泪流。
郎导铁拳今又举，欢呼雀跃震寰球。

（三）

里约夺雄逢孟秋，金牌到手泪花流。
国歌响起红旗展，惊动星球与月球。

（四）

喜讯传来值爽秋，多情细雨自天流。
曩时耻辱今重洗，湿透征衫托起球。

秋到玉门关

唐音一曲绕心间，放眼西陲山复山。
万里秋风吹陇右，豪情涌向玉门关。

张掖七彩丹霞地貌

色彩斑斓灿若霞，千姿百态醉云崖。
谁持巨笔倾情写，绘就奇峰胜似花。

兰州至西宁路上 二首

（一）

金秋八月望山边，野甸牛羊逐浪翻。
黑白分明如对弈，低头犹在啃棋盘。

（二）

山连野草草连山，一路秋光入眼帘。
雪岭逶迤天路近，羊群滚到白云边。

夜过酒泉

夜色苍茫陇右行，满怀神秘过边城。
如痴如醉望穹宇，天上犹多一颗星。

鸣沙山 二题

（一）

鸣沙山上踏沙忙，驼队逶迤向太阳。
山顶登临抬望眼，绿洲一片在敦煌，

（二）

吉普冲沙心胆惊，狂奔急降任斜倾。
登临绝顶凝神望，瀚海苍茫任我行。

吐鲁番葡萄沟

如醉如痴吐鲁番，葡萄沟里客来繁。
歌声熟透诗家梦，串串香甜飞满园。

坎儿井

纵横交错井渠成，水网无边渗地层。
血脉千条通瀚海，心中一片绿洲生。

火焰山

赤焰熊熊映碧天，群峰烧透已千年。
取经灭火前功弃，大圣归来又复燃。

霍尔果斯口岸

国门一到步难行，眼望界碑珠泪横。
思绪无边增旧恨，今朝莫再说曾经。

耻辱碑

石亭一座立边庭，回首当年耻辱增。
斑驳碑文留警示，官员渎职必严惩。

秋临薰衣草植物园

西域迟来已晚秋，枯花依旧暗香留。
园中过后人将醉，气爽神清一梦幽。

巴音布鲁克九曲十八湾

登上高台望水湾，千回百转接长天。
绿茵深处银龙舞，直入白云山角边。

那拉提见八十七岁哈萨克老人站立马鞍迎客 二首

（一）

草原深处览风情，耄耋翁犹策辔行。
为便游人来拍照，鞍头立马笑相迎。

（二）

皱纹几道额头横，笑眼微眯半路停。
八七休言身已老，手牵骏马待人行。

喀什路上 二首

（一）

喀什车行望碧沙，白云散落变成花。
红衣少女携筐采，大地飘来一朵霞。

（二）

疏勒秋高映日华，葵黄棉白各扬花。
路边碧树遥相对，百里村庄三两家。

岳普湖踏沙

驾车急驶入沙山，冲浪驱沙心胆寒。
远望惊呆一湖水，浑身热汗浸衣衫。

喀什红山口

喀什重逢火焰山，赤颜浓重映西天。
只因大圣未经此，烈火燃烧几百年。

白沙湖

澄碧湖光映日华，白云倒映即成花。
雪山微露犹羞涩，欲化清波洗白沙。

喀拉库勒湖（葱岭圣湖）

雪裹白云云裹山，湖光山色映蓝天。
冰川欲化湖中水，涨到昆仑总未完。

香妃墓

清真建筑映秋辉，弘历多情宠爱妃。
莫道衣冠成巨冢，馀香犹在染芳菲。

大巴扎

大巴扎正呈繁荣，摩托成排一路横。
满目琳琅光灿灿，纱巾小帽聚风情。

喀纳斯路上 三首

（一）

层林尽染沐斜阳，白桦云杉绿映黄。
峻岭奇峰观不尽，金风送我到山庄。

（二）

崇山峻岭入云端，树碧草黄连昊天。
丛林惊看红一点，谁教天女撒朱丹。

（三）

万丈长龙岭上盘，崎岖山路竞回旋。
一条河水捆风景，甩出新疆大自然。

神仙湾

喀纳斯中第一湾，山光水色映蓝天。
只因仙气长弥漫，赢得芳名遐迩传。

月亮湾

山间碧水绕成湾，光亮犹如明镜悬。
天赐神刀一裁剪，峨眉新月影弯弯。

卧龙湾

绿水弯弯宛若龙，秋阳高照映长虹。
蓝天碧野浑然处，天上人间图画中。

咏五花山

赤橙黄绿色斑斓，丽景艳阳霞满天。
画圣误将墨融酒，丹青一洒醉群山。

祝贺哈尔滨老厨家厨师郑树国在第26届中国厨师节上荣获金厨奖

名厨厨艺九州传，手捧金牌奏凯旋。
膳祖有灵当把酒，冰城饕餮欲同餐。

超级月亮 二首

（一）

明月一轮悬碧天，悄悄移近地球边。
只因昨日分离久，今晚脸庞分外圆。

（二）

琼楼玉宇太孤寒，抱兔姮娥欲下凡。
脚踏冰轮加速度，飞光早已到人间。

有感书协主席错字连篇 二首（新声韵）

（一）

白字连篇自诩家，却将主席桂冠拿。
圣仙颠倒犹堪笑，常把江湖术士夸。

（二）

白字先生当主席，今朝书苑好出奇。

瞎涂乱抹君休怪，扛起虎皮犹作旗。

悼念京剧老生名家马长礼先生 （新声韵）

菊坛流泪北风凄，马派名家驾鹤西。

智斗天宫何日演？请君再扮刁德一。

读臧伟强先生珍藏《周作人题识本徐志摩〈猛虎集〉收藏记》

轻轻来也轻轻走，追悼会开重碰头。

八十五年如一瞬，摩挲猛虎泪双流。

【注】

臧伟强先生珍藏周作人题识本徐志摩〈猛虎集〉是徐志摩生前最后一部诗集(封面设计闻一多)，脍炙人口的《我等候你》《再别康桥》即收于此书。此诗集出版不足三月，作者便轻轻地走了。《猛虎集》，系周作人旧藏，根据扉页题识，获知此书为周氏1931年12月6日参加完北京文学界公祭大会后于景山书社所购。

以上作于2016年

内子烙饼戏题 三首

内子要烙筋饼，欲以豆芽蒜苗炒粉条卷之，余曰伴以膀蹄肉（肘子肉）卷之最佳。遂到一手店购买，岂料每斤竟然52.8元。不足拳头大的一个肘子竟然花了40馀元钱，未免太奢侈矣。余一天工资尚买不了5个小猪肘，未免有几分悔意。

（一）

筋饼掀开逐笑颜，豆芽熏肉卷春还。
解馋休道价钱贵，拳大膀蹄五十元。

（二）

筋饼多时未得吃，今朝饱腹谢荆妻。
饼香唯叹肉钱贵，猪肘一斤数首诗。

（三）

莫笑山人口太馋，每逢美食便垂涎。
买来肘肉犹生悔，欲快朵颐嫌费钱。

原玉和德臣砚友《丁酉新春试笔》五首

（一）

小草冒芽腰欲伸，喜看万象又更新。
金鸡守信长鸣后，啼绿吟坛一片春。

（二）

冰城雪域又迎新，涤尽雾霾除尽尘。
琼楼玉宇迷人处，红装素裹卷来春。

（三）

守住芸窗抓住春，文章动笔必求新。
诗书总欲三更写，愿做闻鸡起舞人。

（四）

人生难得是纯真，茶喜清香酒喜醇。
独有诗书千万卷，何人敢笑我家贫。

（五）

如烟往事逐红尘，逝水流年又一春。
壮志未酬人欲老，家山不见泪盈巾。

内子为余风湿痛症双肩拔火罐　三首

（一）

风湿缠身几十年，隔三差五痛双肩。
幸亏内子成医护，火罐随时可点燃。

（二）

风湿病疼年复年，疼时惟有老妻怜。
一双妙手驱疼后，挚爱便燃心里边。

（三）

家庭保健写奇篇，不必延医不必钱。
火罐拔完风湿遁，暖流滚滚入心田。

元夜二题

（一）

一轮明月岁初圆，正是新正不夜天。
我劝嫦娥下凡去，与民同乐胜为仙。

(二)

明月悬空照宇寰，上元夜本色斑斓。
奈何霾雾阻星雨，手捧烟花不忍燃。

情人节原玉戏和一尘《相约》诗

元宵灯火已阑珊，多少情人仍未眠。
回首当年初恋夜，朱痕犹印两腮边。

无题 二首

(一)

肿脸偷偷将胖充，草根自诩大英雄。
古今多少瞒天事，都在一层薄纸中。

(二)

劝君少去问根源，若要求真必惹烦。
世上如今无处子，何方去觅绿家园？

塞北梅翁徐景波赴阿城为金源风诗词群诗友讲课有感

塞北梅开阿什河，金源风里涌春波。
语惊四座诗如海，微信群中点赞多。

咏雪三首

（一）

白絮纷扬化素笺，一张巨纸九州连。
擎天泰岳权当笔，大写琼楼玉宇篇。

（二）

万里乾坤绘玉图，天公昨夜降冰都。
巧裁盖地鹅绒被，尽送农家压草庐。

（三）

玉羽飞扬银絮飘，乾坤一色乱琼瑶。
只因节令偷偷改，正月梨花漫九霄。

读王卓平十年积攒《减字木兰花》词98首

莳草撷芳今绽花，未曾减字字犹加。
十年百首馨香聚，阆苑如今灿若霞。

书香凝酒香

　丽人节前夕，时值惊蛰，欣逢两会召开之时，德璞兄于书香门第酒店招集星光灿烂微群文友雅集。

惊蛰春回瑞气扬，丽人节至聚华堂。
神州万里星光灿，一片书香染酒香。

赠胡常娥 三首

　应邀为鸡西作家论坛进行诗词创作讲座，有幸得益主持人胡常娥女史密切配合，赋诗三首以记之。

（一）

鸡冠山下降嫦娥，文苑论坛荡碧波。
仙女主持人气旺，微群开启话诗歌。

（二）

穆棱河畔降嫦娥，微信群中好友多。
燕语莺声惹人醉，文坛一夜起春波。

（三）

湄沱湖畔降嫦娥，文似海洋诗似河。
细语声随春雨落，吟坛润绿柳婆娑。

【注】

兴凯湖唐代称湄沱湖。

梦中荣获大奖帮助故乡建立图书馆

有心捐款筑书庐，囊涩难成邵逸夫。
大奖昨宵梦中得，从今不必学陶朱。

赠王文微友 三首

一江春水（王文）微友宴请星光灿烂群内朋友因故未至，叠韵三绝以谢。

（一）

一江春水化琼浆，群友邀来共把觞。
股股暖流入心底，柳梢泛绿沐朝阳。

（二）

一江春水化琼浆，明月高擎作酒觞。
对影群星光灿灿，涟漪泛起映新阳。

（三）

一江春水化琼浆，长白搬来作玉觞。
雪化冰消三月里，天河潮涌待朝阳。

原玉和石城兄《访怡安老》 三首

（一）

嫩柳抽丝诗意浓，绿阴欲染白头翁。
桃花水入心田里，胜似茅台酒半盅。

（二）

卜奎每忆是乡贤，冬去春来又一年。
昨夜东君临嫩水，暖阳犹沐老诗仙。

（三）

远离仙佛与公卿，坐拥龙沙胜百城。
鹤骨松姿皓然叟，平和心态气和平。

题张春媚西塘着白色连衣裙玉照

西塘三月踏春游，两岸风光看未休。
仙女飘然天外降，烟花一路下扬州。

咏冰凌花 六首

（一）

三月凌冰绽雪开，馨香一缕袭山隈。
北疆春色从兹始，邀得东君款款来。

（二）

凌冰顶雪悄然开，谁遣春姑溪谷来。
心美何忧寒料峭，侧金盏自敞高怀。

【注】

冰凌花土名侧金盏。

（三）

破冰浴雪涤尘埃，点点金黄染玉台。
陶令昨宵因酒醉，犹疑霜菊早春开。

（四）

一缕芳香凝雪魂，柔姿出浴夹冰痕。
争春何惧天寒冷，抖擞精神沐晓暾。

（五）

敢比梅花与菊花，扎根山谷不思家。
妻冰妾雪如相问，留驻兴安化彩霞。

（六）

破穿冻土与严冰，傲雪迎风浩气凝。
香自苦寒芳自爱，一尘不染水凌凌。

赞志远孙不吃过期食品

每食必看保质期，过期食品便抛之。
儿童已晓安全事，工厂店商须自知。

闲居家中运动裤仅穿一冬半即坏戏题 二首

（一）

运动名牌着半冬，双双膝盖露窟窿。
荆妻对我戏言笑，追赶时髦一老翁。

（二）

裤坏何须再补缝，长留漏洞好通风。
只因坏口张开小，暴漏不多空费工。

咏 荷

莲叶摇风暑气消，涂红抹粉撒新娇。
晨晖融雾随心染，蛙鼓声声荡碧涛。

悼念电视连续剧《西游记》导演杨洁 二首

（一）

噩耗传来泪欲流，荧屏卅载载春秋。
缘何驾鹤西天去，只为重将经典求。

（二）

米寿何曾染白头，一腔热血浸西游。
三十年来星闪亮，大路朝天志已酬。

次韵徐景波《〈全隋唐五代诗〉编辑告竣》

诗兴近体已千年，雅韵金声响昊天。
血汗凝成珠一串，隋唐五代玉轮圆。

代郭波洲先生赠战友相聚

云绽蘑菇举国欢，银鹰起落逐蓝天。
为提检样何忧惧，数载难能忘马兰。

次韵塞北梅翁《题梅苑幽香》 五首

（一）

万里神州万里天，花开腊月迓新年。
人间阆苑微群里，塞北梅翁自领先。

（二）

寒风刺骨气犹新，雪压风摧莫道贫。
留得清香千万缕，百花皆欲作芳邻。

（三）

一年一度又春回，梦里东君莫要催。
浴雪凝冰含笑处，疏枝昨夜吐新梅。

（四）

梅园巧借聚幽香，九域花开岁月长。
莫道梅翁人欲老，诗坛犹要领群芳。

（五）

雅苑初开雅韵新，爱梅都是爱诗人。
从今莫找林和靖，唱和声中一片春。

原玉和赵宝海《丁酉生辰》

四月花香漫吉辰，生朝犹记老娘恩。
抻长寿面三千尺，系住乡愁系住根。

读龙雨诗集《万国诗存》

神游寰宇尽开门，一部诗书万国存。
水复山重路犹畅，条条通向地球村。

喜题梅翁嬉孙图 二首

（一）

嫁出女儿犹有根，外孙仍旧是家孙。
晚年喜得天伦乐，口内含饴怕误吞。

（二）

休致专心守宅门，嬉孙早已忘黄昏。
寻来童趣童心焕，胜似陈年酒一樽。

读龙雨诗集《梅阁琴韵》二首

（一）

暗香浮动水清清，疏影飞来天籁声。
梅阁琴音流韵远，三天犹在耳边鸣。

（二）

琴韵声声疏影横，梅花三弄动吟情。
阁中积得诗千首，丽句清词任品评。

赠警务工作者

星影生辉剑影寒，一枚蓝盾镇凶顽。
警章亮处平安在，麦穗花开天地宽。

吟坛杂咏　八首

（一）

欲学诗词莫犯愁，先将声律记心头。
字词炼罢寻佳句，烂漫山花入眼眸。

（二）

诗词格律创千秋，宋韵唐音一脉流。

枷锁身披何所惧，难关攻破驾轻舟。

（三）

淫巧非诗不入流，好诗从不作藏头。

雕虫小技犹堪笑，最怕胡诌顺口溜。

（四）

丽句清词语义丰，雕完虫草亦雕龙。

佳篇必有真情在，风雅从来不附庸。

（五）

曾几何时雅韵残，吟坛百载倍凄寒。

新诗兑水分行后，糟蹋佳言不忍看。

（六）

古典诗文入讲坛，几多博导挂王冠。

成名毕竟凭专著，欲写诗词却犯难。

（七）

古来学者有官员，雅士文人集一肩。
昔日风光今不在，乌纱老干满街传。

（八）

诗中有画画中诗，景语含情情不离。
形象思维灵感涌，一川烟草雨来时。

读梅子丁香词

梅花不妒丁香美，见了丁香独自怜。
烂漫春花虽远去，紫烟白雪映蓝天。

红尘杂咏　十首

（一）

滚滚红尘望众生，桂冠金鼎两浮名。
头衔不过一张纸，何必劳心去奋争。

（二）

人生贵有自知明，做事宽宏低调行。
闹市匆匆皆过客，黄花明日总无情。

（三）

吟诗只为敞胸襟，好友登门将酒斟。
朗月清风琴一曲，高山流水谢知音。

（四）

无事常来看手机，打开微信总痴迷。
细观朋友圈中事，闲客几多忙扯皮。

（五）

故事从来没讲完，一看电视剧为难。
凑成几十集嫌短，欲把长江水吸干。

（六）

养生何处觅奇方，广播声声卖药忙。
幕后郎中夸海口，电台掩耳说雌黄。

（七）

阅读本来须静心，徜徉书海觅知音。
青灯黄卷两相伴，一盏清茶润古今。

（八）

杞人何必总忧天，我已忧天数十年。
逼窄地球脚难立，生存早已少空间。

（九）

古镇古城文化藏，沧桑历尽半遭殃。
补新拆旧根丢掉，犹说旅游能做强。

（十）

致仕从来未赋闲，只因胸内有高山。
惟忧缃缥难读罄，诗酒盈船载月还。

不失诺言十载后找到绝版《松花江年鉴》两卷寄给中国知网数字化上网

历经十载半沧桑，致仕未将年鉴忘。
一去松花江不返，今朝寄出泪双行。

和陆伟然先生《丁酉端阳》诗 二首

（一）

家国兴亡系此身，离骚一曲诵秋春。

每逢端午须牢记，屈子精神屈子心。

（二）

热血长存报国身，中华筑梦已千春。

年年端午祭江日，棕叶犹包赤子心。

街旁公共卫生间

哈尔滨香电街路旁一公共卫生间去年初冬动工修建至今整整一年，因水电未通一直锁门未用。

公厕抢修冰雪天，竣工闲置倍堪怜。

不知水电何时送，内急如今整一年。

有感城市街路绿化

去年植柳复栽杨，莳罢松榆复莳桑。

树种频繁更换处，疏枝枯干立街旁。

创　城

店铺关门早市停，街头巷尾静无声。
缘何坚壁复清野，一问方知是创城。

【注】

创城，创建精神文明城市之谓也。

早晨交通高峰乘车一瞥

　　早晨上班高峰，正是交通拥挤时段。经常见到逛完早市老人离家虽然只有一站地，也要成群挤车占座。

高峰莫管客流多，免票缘何不乘车。
一站犹嫌路途远，岂能自己往家挪。

"双十一"感怀

双十一风刮满球，互联网购涌潮头。
可怜邮递员忙坏，报纸三天已不投。

祛皱霜　二首

（一）

驻颜何必买膏霜，养性养心功效强。
沟壑纵然变平地，难消满面已沧桑。

（二）

网上疯传祛皱霜，除纹增白曰奇方。

令人最是担心处，儿女从今难认娘。

颜越虎以杨万里《晓出净慈寺送林子方》韵征和 三首

（一）

毕竟回归山野中，风光怎与昔时同。

老来荣辱何须问，独有斜阳似火红。

（二）

毕竟身投志苑中，潜心编纂众心同。

坐穿板凳何嫌冷，喜看斜阳一卷红。

（三）

西子湖边唱和中，古今毕竟不相同。

诚斋雅韵传千里，一片荷花万点红。

倾听诗友朗诵蓝色梦中雨（李跃贤）《九张机》

洗耳聆听梦中雨，凝神陶醉九张机。
兴安一去情难了，绰尔行吟画有诗。

和王庆斌《怀杏花》 二首

（一）

谁见奇花四季红，人生来去总匆匆。
如今头上虽飘雪，赤子情怀无不同。

（二）

果实当分青与红，莫因口急太忙匆。
杏仁留取能消火，生苦熟甘尤不同。

绰尔行绝句 八首

盛夏冰川 三题

（一）

银光闪烁树丛间，一片冰心映远山。
树影镶边同捧月，兴安盛夏呈斑斓。

（二）

绿阴深处忽生寒，一块玉盘落岭端。
为使兴安留胜迹，移来碧树作雕栏。

（三）

昨夜嫦娥奔月去，今朝却返大兴安。
只因冰魄落斯地，守护青山不复还。

独秀峰

栉风沐雨矗山中，历尽沧桑呈褐红。
为守兴安生态地，化成卫士尽全忠。

大黑山瞭望台

为把兴安抱入怀，遐龄七秩又登台。
凝眸望断云山路，一片青葱入眼来。

石柱擎天

鬼斧神工峭壁成，谁搬石柱把天擎。
巨岩无缝梦难入，独有诗情岭上横。

兴安云顶

兴安踏遍气昂然，云顶登临望远天。
身立碑旁双掬手，捧来绿色作诗笺。

火山岩

熔岩爆发忆当年，石海峥嵘动地天。
峡谷幽深纷乱处，将军布阵在山巅。

有感翟志国先生三周年忌日晨中华诗词论坛网络关闭

三年忌日顿生哀，诗阵悲声又袭来。
莫是吟坛怀旧主，泪花泅湿网难开。

看中央电视台播放河北广宗县张建勋老人泥塑手工艺感怀

莫笑尘寰一捧泥，七旬老手写传奇。
灵山圣水活人现，急得女娲来拜师。

农安行吟　十一首

豫黑吉三省文化名人走进农安采风活动得句　二首

（一）

吟友三方结伴游，古城聚会值新秋。
今宵痛饮黄龙府，滚滚诗潮似水流。

（二）

诗家三省抵黄龙，花海芬芳展笑容。
携手同歌风犹爽，萦怀诗酒醉秋红。

农安花海三题

（一）

花海如潮潮涌花，农安一到赏奇葩。
休嘲游子思天女，何日散花来我家？

（二）

一临花海醉如痴，蝶舞蜂忙眼着迷。
香气随风潜入体，回家几日不更衣。

（三）

金风送爽入芳林，香气徐徐吹满襟。
锦色无边神欲醉，教人怎不起花心。

农安采风花海游后叠韵戏赠刘侬朵女士 五首

　　丁酉孟秋前夕，赴吉林黄龙府旧地农安采风，借刘侬朵女士芳名戏题赠打游一首。诗发出后，倍受诗友关注，遂一气叠韵而成四首，于是余便获得"留一朵"或"柳一朵"雅号。对此，诗友犹觉意犹未尽，请余再续一首，于是"五朵金花"成矣。

（一）

农安此去惹风流，美女相陪花海游。
最是归来留一朵，惟忧湖畔已清秋。

（二）

黄龙拈韵雅音流，花海无边结伴游。
一朵曾留心底下，生根何惧遇霜秋。

（三）

塞外名城四海流，花团锦簇惹人游。
欲留一朵融诗内，莫管春冬与夏秋。

（四）

花海徜徉汇众流，狂蜂浪蝶伴吾游。
千红万紫何须恋，一朵留来度晚秋。

（五）

一辞花海汇诗流，别后依然忆旧游。
只憾未曾留一朵，空馀雅号对残秋。

贺文化名人采风到农安

三省名家到黄龙，花海芬芳展笑容。
携手欢歌风也醉，金杯共举友情浓。

七夕午夜已过犹见诗友发送情诗未睡戏题三绝嘲之

（一）

鹊桥搭起正逢时，织女牛郎渡未迟。
情侣更深同入梦，独留骚客咏相思。

（二）

世间最少是情痴，惟有诗家情不移。
七夕夜深人未睡，合衣犹在写相思。

（三）

又逢七夕写新词，淮海闻知大笑之。
一首鹊桥仙已在，何须夜半苦吟诗。

赠洪仁怀吟长 二首

（一）

金源引领几多年，何故藏身林野间。
有幸兰秋重出阵，携来诗酒醉吟坛。

（二）

金源文化绽芳枝，重史尤须要重诗。
自古六经诗为首，上京盼尔赋新词。

戏赠细雨

丁酉仲夏，路长荣、李忠华二诗友招饮，盼细雨（于影）到来，余遂将伞擎起，做一幽默，戏成一绝。

唐音宋韵结深情，雅集皆因诗酒名。
暑热人人盼细雨，急得山人把伞擎。

铁锅炖大鹅

八月龙江荡碧波，五花山色影婆娑。
一只雪羽从天降，落入铁锅成炖鹅。

丁酉中秋前夕李五泉先生于六顺园招饮口占

月到中秋影正圆，五泉招饮酒如泉。
今宵欲抱冰轮醉，不醉休离六顺园。

丁酉中秋 三题

(一)

中秋夜晚望长天，一盏明灯天上悬。
举杯对影双眸亮，冰轮忽的落樽前。

(二)

谁遣嫦娥舞广寒，谪仙把酒醉雕栏。
清风一阵从天降，万顷银辉落玉盘。

(三)

秋水秋风年复年，月圆时节夜难眠。
心田照亮神犹醉，欲拽银辉上九天。

读《库页岛春秋》三首

(一)

春秋读罢泪沾襟，库页更成萨哈林。
倭国犹能称桦太，华名几个尚留心。

(二)

暮秋夜半读春秋，老泪双行落案头。
宝岛离家何日返，难寻祖逊复金瓯。

(三)

君昏国弱失严疆，一约签完海口亡。
游子飘流离母去，炎黄心内总留伤。

题志远孙身着红五星体恤衫小照

喜见孙儿立院庭，楼群深处草犹青。
志存高远乾坤阔，一颗红星耀眼明。

种牙感怀

齿牙脱落总存忧，镶嵌惟虞难久留。
今日生根犹始龀，咬文嚼字不须愁。

丁酉重阳福生吟友招集冰城丁香诗社诗友雅集 二首

（一）

踏秋十里聚丁香，未插茱萸兴亦长。
十六楼高堪骋目，欲登苍昊抱青阳。

（二）

一壶老酒醉重阳，烧沸诗锅品异香。
信有长风同驾驭，鲲鹏缚住向穹苍！

小雪日冰城清晨飞雪 四题

（一）

十月冬来白絮飞，琼枝玉树竞芳菲。
尤欣交节逢凝雨，惹得游人踏雪归。

（二）

小雪迎来大雪飞，千山万壑闪银辉。
劝君莫向崖州去，玉树琼花胜翠微。

（三）

节令应时总未违，雪花清早入门扉。
人间冷暖天公晓，棉絮飞来好作衣。

（四）

飞雪飘时羊正肥，阖家麻辣火锅围。
小烧烫好开心饮，尽向乾坤敞户扉。

史志工匠兼赠梅中英女史

百炼千锤精益精，征文考献简繁明。
僧敲月下谁知晓？史志犹须工匠成。

志远孙为他爸爸生日绘制红包

爸爸生辰把手招，急忙设法发红包。
百元绘就休嫌少，自幼孝心根扎牢。

徽章展览感怀

红色收藏汇一堂，金光闪处竞琳琅。
徽章数百垂青史，记忆千秋载北疆。

冬日扎龙观鹤 二首

(一)

芦花摇雪漫寒塘，丹鹤迎宾守路旁。
原是扎龙生态好，严冬不肯去南方。

(二)

鹤唳长天展翅翔，白云片片抖寒光。
相机抓拍犹嫌慢，雪羽掠过头上方。

自题学鹤起舞小照

鹤乡冬季鹤相迎，重到扎龙犹有情。
起舞效矍单腿立，朝天挥手欲长鸣。

赠隋熙凤总经理

不酿花香酿酒香，琼浆百载吐新芳。
隋堤栖凤龙沙里，重造醇熙北大仓。

赠齐鑫副总经理

谈工论艺已听痴，品鉴何期擎盏时。
为使千家万户醉，精烧老酒好吟诗。

赠酒厂企管人资部刘甜甜

斟茶满酒未曾闲，面颊含春映笑颜。
卅里驱车扎龙去，芳姿鹤影两斑斓。

受赠抗联史专家赵俊清先生亲手雕刻歙砚一方 二首

（一）

浪翻云起水波生，妙手雕成自有情。
史志交融砚池内，龙蛇笔走气纵横。

（二）

精雕细刻气氤氲，厚重非因重八斤。
荡起水波云涌处，好研浓墨著诗文。

读双山兄竹枝词四首同悼余光中先生

（一）

万点乡愁染夕晖，思归总是不能归。
凝眸远望桑园树，老眼昏花双泪垂。

（二）

老眼昏花双泪垂，衣裳湿透湿心扉。
迢迢海峡终难渡，船票买来已误期。

（三）

船票买来已误期，佳城荒冢草成堆。
心香一瓣随风寄，逝水流光不可追。

（四）

逝水流光不可追，家山梦断雁空飞。
一枚邮票泪沾满，万点乡愁染夕晖。

词选

六十一首

浣溪沙·乙未仲秋观房波由哈骑单车回肇源一路拍照二首

(一)

驾起单车郊外行，画图一卷两轮轻。撷来秋色踏归程。　　白日山花施媚眼，夜间月色缀长亭。乡愁惹醉鸟虫鸣。

(二)

一路秋光一路风，单车飞驶若游龙。绿衰翠减醉新红。　　山水田园云隐雁，波光树影月悬空。寒蛩吟透稻粮丰。

采桑子·丙申端午节 二首

(一)

楚魂千载心头驻，岁岁端阳。今又端阳，九域长飘粽叶香。　　沧桑递嬗情难了，北国松江。南国长江，华夏年年祭国殇。

（二）

汨罗水浸炎黄血，赤子情肠。家国情肠，
四海龙舟竞渡忙。　　楚风未减汉风烈，文化弘
扬。民俗传扬，俎豆千秋诗酒香。

2016年6月3日

减字木兰花·丁酉中秋

琼楼玉宇，丹桂香飘苍昊去。惊动姮娥，
天上人间共放歌。　　千红万紫，九域山河凝喜
气。溢满冰轮，化作琼浆涌玉樽。

2017年10月4日

忆秦娥·惜春

春已渺，流光逝水人犹老。人犹老，无情岁
月，废荒多少？　　落花时节心烦恼，残红落地
幽香杳。幽香杳，泪洇诗稿，血洇青草。

忆秦娥·冰城丁香诗友雅集

初夏到，北疆四月丁香笑。丁香笑，紫云缭绕，虬枝争俏。　　当年结社因同好，芳凝素客声名噪。声名噪，只将春报，九州光耀。

2017年5月5日

阮郎归·刘公国际设宴邀丁香诗友欢迎龚兄志华由海南归来

椰风吹过海天长，琼州返北疆。冰城四月绽丁香，满街披绿装。　　携燕侣，挎诗囊。雪泥鸿爪藏。天涯尽处是家乡，归来共把觞。

2014年5月12日

鹧鸪天·北国诗社李雪莹社于老妈滋味酒店设宴欢迎四川诗友燕灵儿莅临冰城

蜀水巴山一线牵，西南东北结诗缘。冰城伏雨迎佳客，满座高朋展玉笺。　　斟绿蚁，醉朱颜。老妈滋味最香甜。鼠标一点连天地，网络连通雅韵传。

2013年8月

鹧鸪天·柳杨儿四十初度感怀　二首

(一)

四十年前冰雪天，生儿早忘岁时艰。喜悲交织犹含泪，父爱情弥斗室间。　温襁褓，点煤团。天寒尿布总难干。今逢不惑当珍惜，为父如今鬓已斑。

(二)

往事回眸泪欲弹，啼声破晓却冬寒。苍天有眼终怜我，又使儿生天地间。　流水逝，落花残。风风雨雨逐华年。当知不惑肩尤重，好育孙孙慰父严。

2014年12月5日

鹧鸪天·冰城忆邕漓风景
赠广西南宁郭建强朋友一行

八桂吾曾几次行，邕漓山水最含情。有缘北国迎佳客，尤喜龙江会远朋。　因写志，为操兵，银鹰驾起课来听。八千里路留泥爪，且把冰城当绿城。

【注】

绿城：南宁市别称。

2016年1月14日

鹧鸪天·贺松林沐雨七十华诞（约题：松鹤梦，剑琴怀）

杖国云游别雅斋，冰城贺寿向天涯。严冬最喜芳林翠，腊月尤欣玉骨开。　　松鹤梦，剑琴怀。一樽诗酒乐悠哉。吟风啸月心难老，梦里句芒踏雪来。

2016年1月28日

鹧鸪天·新疆禾木逢中秋节

西域今来为远游，金风摇落满怀秋。月明时节人难见，羁旅深山锁客愁。　　清寂夜，冷空楼。思乡未免泪盈眸。一杯浊酒独斟罢，梦里呼孙犹未休。

鹧鸪天·读李雪莹之美唱和诗词 三首

（一）

一去冰城万里行，大洋难阻是诗情。银鹰携上龙江雪，化作云笺写远征。　　途漫漫，泪盈盈，论坛未忘举吟旌。键盘敲热荧屏亮，梦里犹呼仄仄平。

（二）

逝去秋红白絮飞，雪莹何故又东归。灞桥柳色今沾雪，清泪双流已湿衣。　　观日出，望落晖，晨兴夜寐不相违。吟情万里犹牵手，一串乡愁一串诗。

（三）

北美冰城水万重，潮分两岸各西东。诗情随着离情涌，尽入条条微信中。　　思雪爪，忆萍踪，人生何处不相逢。雄鸡唱晓东君返，遍野新红啸绿风。

鹧鸪天·丽人节为星光灿烂微群女神献词

三月春归柳吐青，东风一夜暖心灵。丽人节到歌声溢，九域频传赞美声。　　施巧手，献真情。半边天上有明星。一轮明月群星捧，灿烂星光众手擎。

2017年3月4日

鹧鸪天·写给第十九个世界诗歌日

三月春风荡碧波，清音雅韵汇成河。语言万种情无别，世界何方诗不多？　　吟绿雨，唱红荷，欣看杨柳抖婆娑。渊明太白今安在？快载诗酒共放歌。

2017年3月18日

鹧鸪天·微信中见鹏城旧友连发返乡照片而成

微信知君返梓桑，情深最是牡丹江。乡愁难断如流水，一去鹏城万里长。　　驱暑热，觅清凉，故园美食正喷香。同窗旧雨重相见，老酒浇开诗两行。

2017年7月23日

鹧鸪天·叠韵赠大庆安达诗友李静莹（梅子）于影（细雨）　二首

（一）

大庆冰城一线牵，只因雅好结吟缘。南来北往平平仄，素客园中声韵甜。　　弹古曲，赋新篇。春花秋月涌心间。一觞一咏丁香醉，诗酒浇红四月天。

（二）

宋韵唐音把手牵，吟坛入主总因缘。诗心系
住无南北，湖水融冰总觉甜。　　寻雅趣，写奇
篇。梅姿雨影往来间。一觥诗酒一回醉，四月丁
香开满天。

【注】

湖水融冰，乃百湖之城大庆与冰城哈尔滨相互融合之谓也。

2017年11月22日

鹧鸪天·看京剧《狼牙山》遵双山兄雅嘱而题

一曲悲歌冲碧天，凌云浩气漫峰巅。家仇国
恨妻儿泪，热血流干化杜鹃。　　新创作，巧谋
篇。声情并茂动心弦。氍毹五尺谁云小，尽耸狼
牙五座山。

2017年8月6日

鹧鸪天·芸窗会友

三五文朋来四方，秋风送爽会芸窗。几杯佳茗迎佳客，贯注全神阅缥缃。　　寻善本，觅精装，悦书堂里嗅书香。心宽犹觉乾坤小，识广须将万卷藏。

2017年8月23日

鹧鸪天·酒后自题小照

雅聚华堂玉液浓，贪杯自有白头翁。愁云一扫乾坤大，满面春风荡笑容。　　情烈烈，兴冲冲，一觞一咏兴无穷。连珠妙语刚飞出，佳句顷然落酒中。

2017年8月25日

鹊桥仙·七夕步淮海韵

何须言巧，勿须留恨，信息条条飞度。要相逢处便相逢，早结就、尘缘无数。　　韶光如水，人生如梦，百载即归泉路。世间唯有友情珍，共齐惜、春朝秋暮。

2017年8月28日

临江仙·步张福有先生韵贺《寻访额赫讷殷》付梓 二首

(一)

长白巍峨昂首立，关东三省称雄。漫江碧水接云空。探源人聚结，雪地战旗红。　　额赫讷音寻梦处，拨开冷月寒风。铁鞋踏破路重逢。雾迷消散处，成果载书中。

(二)

数载奔驰长白路，已成考古强雄。擎旗率队志凌空。晨观朝日赤，昏望晚霞红。　　文化寻根须苦旅，几经暮雨沙风。讷殷后裔喜相逢。漫江源溯后，结集缥缃中。

2015年1月

行香子·蒙古黄榆

叶茂枝繁，披发擎冠。犹如伞、虬干朝天。婆娑树影，尽挡风寒。更耐贫瘠，耐干旱，耐荒蛮。　　古藤盘柱，项羽挥鞭。搜沙漠、威震边关。天然浴场，向海屏藩。欲学胡杨，效沙柳，作舟船。

2013年8月

行香子·丁酉新正既望，丹阳设宴，卓平置酒，冰城丁香诸友雅集应邀嘱题。

春暖寒江，喜沐朝阳。火锅里、烧沸羊汤。高擎玉盏，痛饮琼浆。正豪情涌，诗情烈，酒情狂。　新正佳气，丁酉华光。金鸡唱、醉了沧桑。诗家相聚，韵海飘香。更心扉敞，韵扉启，画扉长。

2017年2月13日

行香子·情人节抒怀

书也情人，诗也情人。芸窗里、早忘晨昏。简帛牵手，缃缥缠身。可真心抱，倾心吻，热心亲。　茗茶一盏，兰草三盆。瑞炉热、香气氤氲。红颜知己，今古知音。醉汉唐梦，宋唐韵，大唐魂。

2017年2月14日

行香子·内子芳辰

内子六六芳辰儿女于天马酒店设宴，余以六十六字《行香子》词来祝贺。

初嫁如花，老后如霞。庆芳辰、福满全家。春风乍暖，杨柳抽芽。正聚天马，谢天禄，望天涯。　擎来美酒，斟满香茶。喜鸿宴、一片清嘉。碎影流光，百岁芳华。要家无事，心无虑，梦无瑕。

2017年2月25日

千秋岁·次韵梅翁贺寿原韵

白驹飞快，难把悠闲买。休致后，烹新菜。徜徉书海内，潇洒云山外。挥翰墨，雅音一曲听天籁。　醉卧观华盖，身胖忧衣带。豪气贯，心难改。壮怀犹激烈，巨腹宽如海。同把酒，但期百岁人常在。

2013年7月25日

千秋岁·叠韵寿谭彦翘先生九十华诞　二首

（一）

　　嫩江边上，春色重新降。芳草碧，丁香放。东风吹翠柳，丹鹤芦丛唱。同把盏，喜迎万寿豪情漾。　　九十春秋往，诗酒长相傍。挥彩笔，传能量。卜奎钩逸史，志乘华章创。人未老，吉人自有彭铿相。

（二）

　　卜奎城上，佳讯连天降。晴空碧，心花放。和风融紫气，云燕轻声唱。迎鹤寿，嫩江韵满春潮漾。　　廿载频来往，长有诗书傍。文苑里，情无量。砚边清趣远，史海琼英创。天未老，寿星最有神仙相。

2014年3月9日

千秋岁·贺邵长兴先生八八华诞

菊花凝露，重九登高处，山尽染，红盈树。寒江澄碧水，鸿雁争飞渡。秋正好，鹤鸣泽野人同舞。　　米寿豪情吐，方志丰碑铸。星月灿，群芳哺。嫁衣缝厚爱①，大事垂千古②。神矍铄，遐龄未觉斜阳暮。

【注】

① 邵长兴先生曾主编《当代中国志坛群星集》一、二两集。
② 邵长兴先生自1988年开始每年编写的《中国地方志十件大事》；自1995年开始每年编写《中国年鉴十件大事》。

2015年10月8日

水调歌头·写于儿子柳杨四十周岁生日并序

丙申十月十四日，适逢杨儿四十周岁生日。回眸儿降生之日，风雪交加，天寒地冻，借居斗室半间，屋冷异常，艰辛至极，今日思之，不禁凄然泪下，百感交集，故成此词。

卅年如一梦，回首望苏城。难忘陋室冰冷，拂晓幼儿生。听得呱呱啼叫，犹似春雷震耳，喜极泪花盈。风雪初停后，旭日正东升。　　温襁褓，烧热炕，煮汤羹。哺儿倾尽心血，舐犊寄深情。转瞬儿逢不惑，倏忽孙登黉舍，父亦不年轻。当惜好生活，休要忘曾经。

2016年11月13日

水调歌头·祝贺阿城诗词年会胜利召开

冬月雪铺地，朔气漫长空。金源故里披彩，按出虎飞龙。喜看华堂客满，共祝吟坛盛会，司马领群雄。把盏高歌处，诗酒醉春风。　　豪情涌，欢声震，笑声隆。海陵今晚何在？同我唱黄钟。不忘唐音宋调，尽沐边风塞月，雅韵总相通。共把吟旌举，策马向吴峰。

【注】

按出虎：即今阿什河，《金史》作按出虎水。司马：阿城区诗词协会主席、"金源风"微群群主孙亦东网名司马小生。

2016年12月23日

水调歌头·丙申仲秋赴新疆旅游感怀

明月照西域，把酒在边关。大美新疆游历，一览仲秋天。何惧荒沙大漠，岂畏高山险路，健步踏云端。莫道古稀近，犹觉似青年。　　精神抖，行囊挎，手相牵。交河故址寻秘，烈火赤山燃。吐鲁番家作客，喀纳斯中拍照，最美属天山。掬捧瑶池水，供我洗苍颜。

2016年中秋节

满庭芳·听张庆祥先生演唱京剧名段《大雪飘》有赠

暮色苍茫，朔风凛冽，骤然雪漫长天。冷云悲锁，沽酒却严寒。草料场中惊险，山神庙，挥剑除奸。寻归路，盈腔怨愤，一起落丝弦。　苍凉悲壮曲，二黄犹反，字正腔圆。少春留雅韵，难得佳篇。菊苑传唱久，垂风范，再现当年。英雄去，征途漫漫，踏雪赴梁山。

2017年9月6日

长亭怨慢·沉痛悼念同乡吟长侯国有先生

朔风起、冰城飘絮。噩耗惊传，痛伤儿女。雅韵凋零，故人悲咽，与谁语，本思相聚，人却走、神无主。可叹近元宵，有一碗、汤圆难煮。
日暮，望泉台路远，别了旧朋无数。今犹记得，履岁日、纳祥词句。算只有夕照闲云，独唱晚、丹枫红树。纵含泪填词，难诉离愁千缕。

【注】

侯国有著有《闲云唱晚》《丹枫夕照》两部诗词集。

2017年2月8日

凤凰台上忆吹箫并引

　　总纂《瑷珲镇志》即将付梓，编辑发现《艺文》中收录拙文《爱国诗人边瑾及其边塞诗稿〈龙沙吟〉》中所引用边瑾的诗作与所收录自民国《瑷珲县志》中的《鄂伦春纪事诗三十韵》《鄂伦春竹枝词》（八首）有较大出入。经仔细核对发现，余所依据者，乃边瑾之稿本《龙沙吟》。而《龙沙吟》中的《鄂伦春纪事诗》为五十韵。盖说明稿本中的《鄂伦春纪事诗五十韵》和《鄂伦春竹枝词》（八首）是边瑾离开瑷珲之后，重新进行了修改补充，将《纪事诗》由三十韵扩展到五十韵。这样余遂忍痛割爱，删去拙文，并以稿本《龙沙吟》为准，将《鄂伦春纪事诗三十韵》更换为《鄂伦春纪事诗五十韵》，并对八首竹枝词进行了更正，一并重新入志。定稿后，一块石头落地，热泪盈眶。能以新资料、新史料入志，乃方志工作者之神圣职责也。从此，边瑾的《鄂伦春纪事诗五十韵》将随《瑷珲镇志》传世矣。

　　删己诗文，未曾心痛，只留遗憾深深。最是钦边瑾，沥血呕心。鄂伦春民纪事，皆汇入黑水龙吟。翻稿本，全篇尚在，雅韵如金。　　追寻，为编镇志，曾几次凝眸，塞上栖林。念志存风雅，诗写乡音。尤喜全卷存入，携五十、流韵弹琴。当擎酒，潸然泪流，湿了衣襟。

2017年11月28日

八声甘州·纪念叶派小生创始人叶盛兰先生诞辰一百周年

　　叶盛兰是京剧史上第一位以小生挑班（领衔组团）的艺术家，成为小生艺术行当承前启后、继往开来的一代巨擘。他的嗓音宽厚圆润，气度大方，扮相英俊，表演细腻，行腔刚劲遒健、华丽婉转，龙、虎、凤三音有机结合，使人听来似饮玉液琼浆，沁人肺腑。他所创立的叶派小生，文武兼备，清新俊雅，"文而不媚，武而不粗，穷而不厌，儒而不俗"，达至化境。《群英会》中，叶盛兰扮演周瑜，风流倜傥，雄姿英发，光彩逼人，被誉为"活周瑜"。

　　正梨园百载展氍毹，奇葩绽新株。看兰开叶盛，香飘万里，唱响京都。使小生挑班起，菊苑古今无。立派开宗后，改写新书。　　倜傥风流英俊，更文兼武备，弃媚丢粗。恰刚遒劲健，儒雅气尤殊。吟龙鸣凤，虎啸中、一串玉联珠。《群英会》、最争看处，活了周瑜。

2014年12月16日

扬州慢·国庆抒怀迎盛会

时值中秋，喜迎全会，神州一片欢腾。梦复兴崛起，百载未曾停。辟新路、略关攻隘，乘风劈浪，斩棘披荆。望长空、虹染霓霞，云霁新晴。　　五年奋斗，挽狂澜、铁棒高擎。打老虎苍蝇，渠魁胆战，宵小心惊。劲旅雄风重振，新时代、思想鲜明。正华堂歌响，锤镰辉映金星。

2017年9月30日

高阳台·赠别

电话忽传，犹难置信，去来何故匆匆？人各东西，不知何日相逢。朝风暮雪斜阳路，草未青、不见花红。看冰城、春影朦胧。最堪悲、共事经年，人去楼空。　　回眸一载公司里，叹员工几许，惟汝情浓。应是知音，高山流水交融。惺惺相惜曾相助，为文章，费了些工。望天涯，今日分离，难觅芳踪。

2013年4月16日

高阳台·闻隋岩主任荣迁有赠

七载相交，一朝别去，荷风荡起涟漪。两访寒庐，使吾蓬荜增辉。难忘重九茱萸插，设华筵、更把诗题。庆生辰，雅韵倾怀，寿酒倾杯。　　林泉归隐犹尊重，令啼鹃泣血，老骥长嘶。佳苑逢春，如今恰遇其时。二轮修志爬坡处，正须君、策马扬蹄。奈如何，宦海升迁，官命难违。

2017年7月28日

念奴娇·中国牡丹江勿忘九一八学术研讨会感怀

难忘国耻，又神州处处，齐鸣长笛。塞北江南风暴卷，声震一天秋碧。义勇军歌，松江悲曲，化作擎天力。牡丹城上，论坛英杰奋笔。

八十二载秋光，沧桑几度，圆月融残壁。黑水白山埋碧血，旧恨新仇如织，文物罗陈，论题铁证，罪恶谁能易。振兴华夏，梦回中国心急。

2013年9月16日

念奴娇·双城堡怀古

哈南重镇，恰松花江畔，省垣门户。古邑新区逾塞北，展翅鹏飞天宇。承旭门前，魁星楼上，把酒温朝暮。无边烟雨，䄂年谁辟沃土？ 犹忆富俊将军，京旗移垦，遍野炊烟吐。万顷嘉禾连碧树，换得粮丰衣足。聚五①捐驱，斗瞻②浴血，四野留军部③。梦圆今日，小康开辟新路。

【注】

①聚五：唐聚五（1898－1939），字甲洲，黑龙江双城人，著名抗日将领。1939年5月18日在河北迁安一带率部同日军展开血战，与所部官兵壮烈殉国。

②斗瞻：韩光第（1898－1929），字斗瞻，黑龙江双城人。东北军陆军第十七旅中将旅长。1929年中东路事件爆发，为抗击入侵苏军，浴血奋战，于扎赉诺尔壮烈牺牲。

③双城区内有中国人民解放军第四野战军前线指挥部旧址。

2016年6月18日

念奴娇·观看纪念中国人民解放军建军九十周年大阅兵

铁流滚滚，看雄风骤起，战车飞跃。朱日和中军号响，相伴虎贲声烈。主席登台，沙场阅阵，甲胄堪称精绝。银鹰展翅，昊空同庆佳节。

九秩风雨沧桑，南昌枪响，惊醒神州月。师会井冈成劲旅，草地雪山穿越。击败东倭，推翻老蒋，喜看尧天阔。强军固本，敢将来敌歼灭。

2017年7月30日

寿楼春·沉痛悼念哈尔滨志愿者、呼兰河读书会会员赵艳同志

怀盈腔悲情。雪花飞洒下，凝泪成冰。你我虽难相识，却伤心旌。惟叹息、才知名。憾不能、今朝逢卿。只为了追思，填词痛悼，巾帼女豪英。　　倾真爱，多牺牲。献浑身炽热，温暖冰城。引众徜徉芸馆，读书声声。慈善业，犹难停。最痛悲、芳辰哭灵。正初冬寒天，黄泉路远君慢行。

2017年11月11日

忆旧游·中国梦

复兴中国梦,震撼心扉,穿越穹苍。斗牛凝豪气,更星河璀璨,遍洒灵光。小康社会描画,双手铸辉煌。使理想成真,神州万里,虎跃龙骧。 峥嵘百年路,看斩棘披荆,扶痛医伤。赤帜高高举,为中华强盛,操盾持枪。睡狮梦醒东亚,沧海变农桑。看两岸炎黄,同圆一梦回汉唐。

2013年3月28日

望海潮·丁酉闰六月初七欢迎包德珍大姐返乡会友暨丁香萧乡两诗社联谊会在呼兰举行

丁香诗社,萧乡韵旅,莺俦燕侣联盟。荷叶蔽日,松江水涨,兰河荡起诗情。歌浪逐潮生。旧朋与新雨,同醉方瓶。惹得熏风,拂红肥绿染蓝青。 唐音宋韵纵横,有吟坛翘楚,词苑精英,辽海贵宾,琼州女史,呼兰镇里擎缨。挥笔写峥嵘。乘醉歌凤藻,高唱昆京。欲伴青莲捉月,诗酒共留名。

2017年7月30日

疏影·东宁三岔口

东疆重镇，忆百年历史，追溯根本。放垦当年，斩棘披荆，犹念吴公，风霜染透华鬓。中东铁路开基处，礼炮响，锤开混沌。设治初、厅建绥芬，此地顿成名郡。   移治曾经冷落，叹荒凉几度，今又重振。口岸形成，华贾俄商，你往我来他进。马龙车水春风荡，宝石琢，木材输运。稻草房、无影无踪，小镇已经难认。

2013年9月21日

沁园春·游通榆墨宝园

嘉苑幽深，石刻如林，曲径鸟鸣。看长廊处处，银钩闪烁；碑文句句，铁划纵横。多少书工，龙蛇竞舞，巨笔如椽展大鹏。凝眸处，正精雕细刻，摹勒丹青。   郊游信步闲庭。妙意创、无边雅韵生，看状元学子，名垂故里；砚台展馆，品重深坑。移石松花，叠成溪涧，曲水流觞涌激情。秋风爽，快挥毫泼墨，共写兰亭。

2013年8月

沁园春·丁酉端午

岁岁端阳，今又端阳，梦绕楚江。念屈平未远，九州共祭；离骚犹唱，千古传扬。泽畔行吟，郢都垂恨，沉石缘因家国亡。重温史，望汨罗江水，泪涌双行。　　松花江畔情长，七诗社联吟聚一堂。恰龙舟竞渡，碧波荡漾；柳丝摇曳，艾草飘香。雅韵锵铿，清音曼妙，诗词曲赋吊国殇。同滋畹，学蕙兰品质，永驻馨芳。

2017年5月27日

沁园春·巴彦一中高三十五班毕业五十年同学会感怀

七十春秋，五十韶光，些许白头。看苏城旧地，当年别后；一中黉舍，有幸重游。几棵苍榆，数行新柳，教室如今变大楼。相逢处，涌无边思绪，万缕乡愁。　　回眸往事难休。老三届雄心总未酬。恰羊亡牢补，马丢途识；学荒志在，文废诗留。毕竟功成，终能有获，致仕归来得自由。同擎酒，把松江喝尽，再叙风流。

2017年6月17日

寿星明·丁酉新正廿九喜逢内子杨氏丽华六六华诞书此志贺

　　雨水刚交，即接春龙，蛰醒朔方。喜荆妻华诞，天飘瑞雪；全家节日，胸涌朝阳。重染青丝，再涂指甲，晓镜依然细化妆。凝眸看，是谁家新妇，换了红装？　春秋卅四悠长。好儿女优生整一双。为治家守户，殚精竭虑；相夫教子，沥血呕肠。护我藏书，片言不弃，红袖添香煮茗忙。芳辰日，共擎杯同祝，福寿安康！

2017年2月19日

金缕曲·向海

　　向海神游处。正熏风、把游人吹醉，欲登仙路。碧草连天天欲坠，翡翠接连芳树。吻沃野、温柔无数。绿透心灵如梦幻，恰仙宫鸾女随风舞。惊白鹭，落汀渚。　登临高阁消残暑。忆通榆、曾经归属，蒙旗王府。科尔沁名难消逝，莽莽芳茵留牧。驰骏马、犹传鼙鼓。玉斧金戈何方觅？忙问那船里渔家父。先把酒，共怀古。

2013年8月

贺新郎·习近平马英九新加坡会面握手

莫道分离久。总难忘、两汪秋水，望穿时候。冰雪消融春终到，迎得狮城聚首。六六载、烟云吹走。一泯恩仇前嫌弃，阅墙消台海天翻覆。跨世纪，握双手。　　炎黄儿女皆同胄。五千年、血浓于水，蒂深情厚。打断骨头筋未断，手足难分左右。谋福祉、争先恐后。驱散阴霾迎晓日，兴华夏万里金瓯秀。同把盏，共斟酒。

2015年11月8日

贺新郎·王璞仲莹新婚志喜

兰桂飘香处，喜并州①、仲莹王璞，结成秦晋。难老泉中波荡漾，水母②传来佳讯。秋色里、霓霞成阵。三晋冰城连鹊路，混同江③、鸿雁捎信。频祝福，唱新韵。　　学成归国难忘本，献丹心、满腔热血，数人云奔。斩棘披荆开广宇，莫道征途险峻。硅谷里，朝天询问。世界大千犹知晓，恰齐眉举案同云吻。相执手，共前进。

【注】

①并州：山西太原市别称。
②水母：晋祠中水母祠内供奉有水母神。
③混同江：辽金时期松花江称鸭子河、混同江。

2017年9月10日

摸鱼儿·访儋州东坡书院

似孤鸿、一蓑烟雨，滞留蛮瘴荒土。蜀川学士飘零久，洒下落红无数。经万苦。遭困厄、悲欢历尽诗文赋。先生语：便谪戍何忧，人生得意，诗酒化尤物。 流迁后，寂寞难能隔阻。教书劝学开孺。倡明文教儒风起，朗朗诵歌著。豪情吐。兴稼穑、田家笠屐寻常路。桑麻大树。问载酒东坡，雪泥鸿爪，今日抵何处？

2015年12月

补遗

四首

元旦赠李明 二首

(一)

志坛卅载气纵横，著作等身犹笔耕。

杖国佳期华宴设，园中芳草又春生。

(二)

长忆京华初晤情，金陵犹念诉生平。

拙文有幸成花絮，一缕阳光禹甸明。

贺湖北巴东县志办主任谭明宝先生《梦幻曲》出版

华翰飞来倍觉亲，千峰荆楚聚知音。

谭公梦幻成新曲，响遏行云报早春。

读贵州修文县志主编李祖炎先生《父亲是座山》感言

云贵高原一座山，主编修志立峰巅。

呕心沥血春秋笔，众口犹称老祖炎。

附录

柳成栋七十诞辰诗友
贺诗贺词贺联五十三首副

贺柳成栋先生七十华诞

隋 岩

塞外滨江一枝柳，迎霜傲雪七十秋。
志鉴青史三足立，诗词歌赋两悠悠。
端午佳节讲文化，名动京城闻九州。
兰台著录犹奋笔，龙江名士自风流。

贺长铗归客七十大寿

（上海）晓柳春风/刘喜成

黄浦扬帆贺诞辰，笔书七十正逢春。
冰城归客高才士，黑水长歌大写人。
裁剪浮云情万里，织编绮梦力千钧。
清风替我斟红酒，敬祝诗兄步步新。

贺柳兄成栋古稀华诞

塞北梅翁/徐景波

君子情怀学者风，笔耕世纪思无穷。
笑弹长铗吟归客，怡弄二黄歌肃公。
黑水汗青钩隐逸，白宣徽墨写精忠。
园丁旦暮浇桑梓，阆苑春秋催紫红。

贺柳兄七十大寿

冬人/佟光

寿诞迎来和雅诗，咬文嚼字夜阑时。
与兄相识堪为友，同子深交可作师。
志趣山衡包万象，胸怀海量纳千姿。
青松不老彭仙贺，白鹤高飞骏马驰。

贺族兄柳成栋七十华诞

神游侠/柳河

笑看镜中霜鬓稠，古稀翰墨绘金秋。
龙江大地研精史，四海诗坛唱友酬。
浪漫豪情书意境，凝神静气论王侯。
清文尔雅亲朋待，老柳迎春美誉留。

贺长铗归客柳成栋老师七十大寿

五十春秋/李静莹

有幸冰城识大儒，胸怀旷远若澄湖。
耕云种月随缘处，讲史放歌振臂呼。
梦笔经年书雅意，诗田应季产明珠。
繁华乱眼浑无视，只把冰心许玉壶。

贺成栋贤弟古稀寿步其七十抒怀韵

六全居士/亓石城

不负书生翰墨情,文山韵海任纵横。
饮干清浊三杯酒,留迹江山万里程。
求学当凭真品格,为人贵有好名声。
丝弦一曲清平调,伴尔悠悠醉晚晴。

敬贺柳成栋老师七十华诞

兰蕙/王丹阳

诗追唐宋墨追王,修志编书坐一方。
博得清风来点赞,何堪明月不飘扬。
人如松竹品珍贵,笔若吴钩韵自强。
七十年轮欣展骥,龙驰万里抱斜阳。

贺柳成栋兄七十寿诞

唱虹斋/王福生

不改初心家国情,等身著述一儒生。
志田荒处君勤铲,诗土贫时尔力耕。
翰墨人求皆赐宝,京腔客串最知名。
逢辰莫醉千杯酒,老骥加鞭更远征!

敬贺柳成栋老师七十寿诞
一叶轻舟/王卓平

本色儒生一笔长，何曾惧怕大风霜。
悬针势起拈鲜碧，垂露情来写硬黄。
浪漫襟怀千叠梦，逍遥事业万重光。
年华七十焉称老，依旧多才小柳郎。

贺柳成栋先生古稀大寿
松林沐雨/龚志华

贺君华诞古稀年，柳韵诗魂可比仙。
成就非凡融伟业，栋甘寂寞制鸿篇。
七旬神朗体犹健，十酒情真梦也圆。
大道无形尊大节，寿星豪迈跨峰巅。

也贺柳成栋老师七十寿诞
凤竹/路长荣

诗情诗绪四时开，碧水长风入剪裁。
七十文思谁见老，襟怀且是正悠哉。

贺柳兄成栋七十寿

司马小生/孙亦东

柳兄七十古来稀，德寿修同泰岳奇。
蓬鬓丹心凝匠气，布裙侠骨破尘篱。
王侯问解一方志，岁月听吟万首词。
椽笔高擎书正道，年年风雨总相宜。

步韵贺柳成栋老师七十大寿

双山居士/邝大任

踏入古稀吟贺诗，豪情万丈正奔驰。
谁言面熟方为友，我觉神交亦作师。
志趣相投行一路，心灵巧合舞千姿。
今朝有幸逢华诞，唱首新歌祝寿祺。

贺柳成栋老师七十寿

前生缘/张宜生

曾经苦读十年书。满腹经纶一宿儒，
论史文编地方志，怡情戏唱司令胡。
笑谈只带五分素，饮酒确须三大觚。
莫道古稀人已老，期颐岁月半当途。

敬贺柳成栋老师七十寿诞

竹楼听细雨/于影

纸上挥毫墨散香，京腔味正动心肠。
河东后裔诗风雅，北国鸿儒品格强。
对月抒怀情缱绻，凭栏酌句韵飞扬。
古稀犹有中年志，编史藏书梦未央。

步原韵和长铗归客七十抒怀

陋室闲人/杨香森

雪雨风霜半世诗，流年不懈奋争驰。
童蒙开晓念先姊，黉舍学成谢业师。
志海扬帆留巨著，韵坛漫步获真知。
清眸浊发宁堪守，更喜斜阳晚照时。

敬贺柳成栋老师七十寿诞

淡香如兰/王玉芝

古稀华诞紫烟飞，雅韵怡神信不违。
椽笔随心思远梦，真情永驻沐斜晖。

柳成栋老师七十寿诞有寄

品秋/王冰原

一肩岁月一襟诗，笑与清风对酒时。
八斗文才吟古韵，五车学富赋新辞。
修编史志晨昏晓，唱念京腔名角姿。
七十年高心未老，文坛奋笔正当宜。

贺成栋弟七十寿辰

张庆祥

夕照盈江画入云，熏风拂送柳摇金。
宏篇溢采题材广，佳作飞花意境深。
滚滚幽思凝雅趣，浓浓淡墨绘丹心。
长铗归客成梁栋，驿马山间不老君。

贺柳成栋老师七十寿辰　二首

张景峰

（一）

冯谖自警志真豪，史苑诗林一树高。
仗剑归来犹发奋，山登绝顶路非遥。

（二）

翰墨声名响士林，皮黄叫板振宏音。

情燃黑土苏城客，华发犹怀赤子心。

贺柳成栋老师七十寿辰

自在方圆／张馨庚

春秋增寿古稀时，天骄犹存不老枝。

诗意纵横成驿马，京声清越绕巾旗。

君如渊岳持仁善，我自囊萤悟行知。

愿假豪情赊日月，期颐长乐共驱驰。

元玉贺柳成栋老师寿诞 八首

（广东）天涯客车／羊志强

（一）

磨剑长吟傲赋诗，处嚣尘上竟纷驰。

多缘识可端言教，博学才谙解惑师。

禾壮自然欣果硕，道修犹足训今知。

娑婆绿树高昂矗，歌载欢怀情惬时。

回 文

时惬情怀欢载歌，矗昂高树绿婆娑。
知今训足犹修道，硕果欣然自壮禾。
师惑解谙才学博，教言端可识缘多。
驰纷竟上尘嚣处，诗赋傲吟长剑磨。

(二)

勤揖丹霞赤岭松，雪霜傲抖一襟风。
群宣励志兰馨沁，旭启初心诗禀同。
文赋雅章吟故典，策催鞭日骋苍穹。
纷繁世态身端正，云渺飘飞倏影鸿。

回 文

鸿影倏飞飘渺云，正端身态世繁纷。
穹苍骋日鞭催策，典故吟章雅赋文。
同禀诗心初启旭，沁馨兰志励宣群。
风襟一抖傲霜雪，松岭赤霞丹揖勤。

(三)

初开曙日弥天霞，写意诗人著作家。
图卷千山书墨泼，壑丘万树岭晖斜。
庐秋肃对眠云鹤，室陋居谙解语花。
儒雅风华光敛目，书遥贺寿庆迢涯。

回 文

涯迢庆寿贺遥书，目敛光华风雅儒。
花语解谐居陋室，鹤云眠对肃秋庐。
斜晖岭树万丘壑，泼墨书山千卷图。
家作着人诗意写，霞天弥日曙开初。

（四）

晴新赏目举吟诗，迩播清风唐月驰。
声律协工词必美，学儒兴圣古从师。
程兼趱旅雁途识，艺擅浑成天道知。
横亘岭遥迢迢路客，情怡自诩更逢时。

回 文

时逢更诩自怡情，客路迢遥岭亘横。
知道天成浑擅艺，识途雁旅趱兼程。
师从古圣兴儒学，美必词工协律声。
驰月唐风清播迩，诗吟举目赏新晴。

咏柳步韵柳兄成栋《七十华诞》
刘淑彬

蓊郁撩人咏絮情，古稀愤世向天横。
春牵绿韵吟长句，秋洒黄英亮短程。
也恼风缠随燕舞，还期雀唱带心声。
花红雪白轮番处，不屑经年阴与晴。

贺成栋先生古稀大寿
王相民

河东后裔多才俊，成栋大名乃祖荣。
讲史曾博疆吏赞，吟诗每教会人惊。
生逢盛世应伏枥，年届古稀亦囊萤。
从来仁者多高寿，今世仙翁是柳兄！

祝成栋七十华诞
史洪亮

岁月耕荒到古稀，扬鞭依旧马蹄疾。
霞云淡抹风光好，拽住斜阳情不移。

柳老七十寿辰志贺

雪语/姜立凭

唱罢京腔出贵妃，松江水暖洗凝脂。
旅中曾纵千回目，案上应余万首诗。
四座相邀重论史，七旬不敢与倾卮。
悠然修得从容态，未老南山松一枝。

【注】

柳老肤白体胖，人称唐朝大美人儿。

贺柳成栋副主席七十华诞

蓝色梦中雨/李跃贤

道骨仙风志四方，惊蛇入草不寻常。
胸怀壑谷青莲韵，笔蘸江河野老章。
七秩欢欣同月醉，一生慷慨任诗狂。
麻姑拜寿蟠桃献，紫气盈门福满堂。

成栋兄古稀致贺

他山益三之石/王海顺

七月鲜花烂漫开，仁兄寿诞意崔嵬。
才通今古诗文劲，名贯龙江史志裁。
满腹经纶驰广宇，一身正气鉴尘埃。
雄心未已身尤健，郁郁青山入眼来。

寿松驿老七十

毅盒/李勇

底事旗亭鼓瑟埙？喜临杖国柳公门。
卿云绚烂南山柏，桃宴飞扬北海樽。
半纪生涯耽曲赋，千篇语业励儿孙。
天官应羡诗魂挚，分取彭龄百岁存。

柳成栋先生七十大寿志贺

六然斋主/刘宏松

矍铄恰如不老松，古稀依旧展雄风。
诗心烂漫抒灵秀，史笔谨严甄异同。
耿介书生多雅趣，疏狂才士傲层穹。
儿孙有志成梁栋，杨柳情深比翼鸿。

厅前柳·敬贺老师柳成栋副主席七十华诞

陈显滨

宇龙蟠，洒吉雨，心田润，翠风鲜。醉心读诗明性，梦山川，弄琴瑟，著佳篇。　　记史志、勤耕研笔墨，访今寻古集名贤。一萼红枫季，杏坛喧，享其乐，不凡年。

满庭芳·贺柳成栋老师七十寿辰

张银华

　　燕语呢喃，荷香迢递，柳阴掩映池塘。暖阳明媚，恰是好时光。识友偶逢新岁，试挥毫、措意成行。知君乃，一方诗客，落笔韵留芳。

　　吾生真有幸！承蒙点播，不吝相帮。敬智者，古稀赤热心肠。慕尔才情出众，淡利名、未负疏狂。值今日，举杯遥祝，四季永安康。

贺成栋七十岁生日

松江侠/国智惠

　　老骥志犹壮，苍龙暮腾云。
　　阅尽人间事，立言更有魂。

原玉和柳成栋先生七十抒怀 七首

傅　杰

诗

七秩人生像首诗，平平仄仄总前驰。
呀呀学语蒙慈母，朗朗读书感老师。
稼穑耕耘谁通晓？文坛词赋我皆知。
黄菊莫怨夕阳晚，老酒新茗正当时。

歌

七秩人生是首歌，浅吟漫唱舞婆娑。
春风拂绿千山树，夏雨淋黄万顷禾。
韵海诗篇新作少，乡愁故事老农多。
闲庭信步陶情趣，一剑十年反复磨。

松

七秩人生像碧松，凌霜沐雨傲狂风。
干躯笔挺无旁逸，枝叶葱茏不类同。
穿罅绕石亲褐土，循崖度壑吻苍穹。
回观跌宕蜿蜒路，步履坚实印爪鸿。

云

七秩人生似片云，欣逢日昃更缤纷。
务农稼啬遨碧海，致仕研诗吊古文。
啸月吟风品茶酒，游山戏水弄微群。
谁言老耄缺情趣，立传著书昼夜勤。

霞

七秩年来像朵霞，多姿多彩璨千家。
锄禾田野金乌渺，驰笔芸窗玉兔斜。
陈醪纯酿酌新韵，枯藤老树绽奇花。
夕阳醉美蓝天阔，韵海飞舟向远崖。

书

七秩人生似部书，胸虽点墨慕鸿儒。
买臣运蹇成樵子，诸葛时乖卧草庐。
赤兔空怀千里志，丹青难绘九州图。
坎坷宛转崎岖路，苦辣酸甜不忘初。

情

七秩年华似缕情，魂牵梦绕意纵横。
田园徒论青云梦，韵海空吟赤兔程。
流水高山怀桑梓，清风明月恋蛙声。
缠绵缱绻言难尽，无限乡愁诵晚晴。

七十初度自寿联

长铗归客/柳成栋

六月荷风送爽，六顺酒家颂六诗，六膳传来同把盏。
七旬诞日还童，七彩世界珍七尺，七篇写罢更延年。

祝贺柳成栋老师七十华诞

王　松

志苑先生，多才多智多幽默；
文坛魁首，赋曲赋诗赋锦章。

贺柳成栋副主席七十寿辰

水面风荷/韩文莲

寿诞值藕花初盛，暖日和风，朗抱阔怀迎七秩；
华年凭凤藻长挥，著书修史，佳联丽赋醉千杯。

祝贺柳成栋老师七十华诞

（吉林）也不知/贾春泉

天赐遐龄，看先生学海泛舟，年届古稀犹矍铄
地增宏志，秉长铗书山归客，时逢盛世更峥嵘

跋

拙集《杖国》收录诗词1246首。为2013至2017年，五年所写全部诗词。为了存史，未加遴选，基本合盘录入，难免良莠不齐，权作五年生活记录。雪泥鸿爪，尽收集中。

2016年农历六月十六日，为余七十初度，有46位诗友写了贺诗贺联，为了感谢诗友的深情厚意，一并作为附录将其收入集中。另外，还将以前诸集遗漏的4首诗也作为补遗附于篇末。

拙集纳入《中华诗词文库》出版，要感谢俊识（北京）文化传媒有限公司总经理吕梁松先生的鼎力相助，同时要感谢塞北梅翁徐景波先生帮助编辑。梅翁在精心编辑过中，还指出拙集中一些出律、孤平、失粘失替的诗句，并对个别笔误者也一一标出，对此，我重新进行了修订。俊识（北京）文化传媒有限公司排好版后，我抱病进行了校对。拙集付梓在即，时逢大病初愈，校罢诗稿，病体轻松许多，方知诗可养神，诗可疗疾，诗可益寿。诚哉斯言。

柳成栋

戊戌孟秋七月十七日于冰城长铗归来斋